生贄にされた私を
花嫁が来た！と
竜王様が勘違いしています
〜森のお城で新婚生活がはじまりました〜
著 石丸める イラスト CHIMOTA

ルシアン・ドラゴニア
竜を統べる竜族の王。生贄のミランダを花嫁が来たと勘違いしてお城に招待する。
ミランダ・ブラックストン
覚えのない罪で断罪され、竜族が棲む森に捨てられた。

「ルシアン様！
まさか人間の女性を
誘拐したんですか⁉」
「人聞きの悪い事を言うな。
ミランダは花嫁として
竜王に捧げられたのだ」
アルル
竜族の少年。
ルシアンを慕う
忠実な配下。

「ミランダ。愛している。俺の花嫁になってくれ」
「……竜王様の花嫁にしてください」

生贄にされた私を花嫁が来た！と竜王様が勘違いしています

~森のお城で新婚生活がはじまりました~

Ikenie ni sareta watashi wo hanayome ga kita! to ryuousama ga kanchigai shiteimasu

著・石丸める　イラスト・CHIMOTA

CONTENTS

Ikenie ni sareta watashi wo hanayome ga kita! to ryuousama ga kanchigai shiteimasu

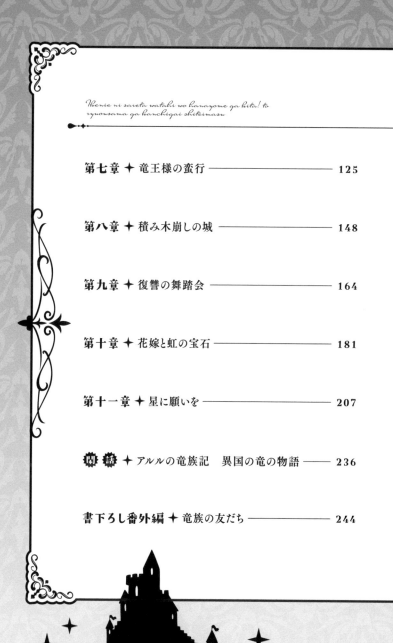

第一章 ✦ 生贄の乙女

侯爵令嬢ミランダは手足を縛《しば》られて、ドレス姿のまま森の中で横たわっている。

ここはベッドの上ではなく、石造りの冷たい祭壇《さいだん》の上だ。

身体の周りにはゴロゴロと、南瓜《かぼちゃ》、芋、人参……。

沢山の付け合わせ野菜に囲まれている。

深夜の黒い森の中にぽつんと、鮮やかなランチプレートが置かれたような奇異な風景だ。

ミランダは現実に理解が追いつかずに、呆然としていた。

満天の星の下、うら若き乙女が自分を捕食する怪物を待つだなんて。

こんな残酷なことがあるだろうか。

心の整理がつかないまま、ミランダの身体が震えだした。

地面から伝わる振動《しんどう》で、祭壇ごと揺れているのだ。

ズン、ズシン、と。

森の奥から、生贄《いけにえ》を求める巨大生物の足音が近づいてくる。

「ああ……」

ミランダはそっと瞼《まぶた》を閉じた。

「どうして、こんなことに？」

発端は、あの悪夢の舞踏会だった……。

◇◇◇

数週間前の、宮廷での煌《きら》びやかな舞踏会の夜。

突然それは始まった。

「ミランダ！　貴様が企てた暗殺計画の証拠は、すべて揃《そろ》っている！」

ジョゼフ王太子の厳しい声が会場に響き渡り、音楽も踊る人々も時を止めた。

名指しでいきなり断罪された侯爵令嬢ミランダは、大きな瞳をさらに見開いて呆気に取られた。

頭の上に「？」が浮かんだまま、凍りつく。あまりに唐突《とうとつ》だったので、余興《よきょう》の寸劇でも始まったのかと勘違いするほどだった。

ミランダの婚約者であるジョゼフ王太子の隣には、〝予言の聖女〟フィーナが純白の修道服を身につけて淑《しと》やかに佇んでいた。

フィーナは天啓《てんけい》を受けたと言わんばかりに、遠く空を見つめて切なげな顔をすると、両手を広げて予言を下した。

「私には見えたのです……ミランダ侯爵令嬢が王政に関わる者たちの暗殺を企《くわだ》て、毒物を精製《せいせい》している恐ろしい姿が！」

「は、はあ？」

王太子がすかさず、印籠《いんろう》を翳《かざ》すように小瓶を掲《かか》げた。

「証拠の毒物はすでに押収されている！　貴様の部屋からな‼」

見覚えのない小瓶を凝視《ぎょうし》しているミランダに、フィーナは続けた。

「さらに！　ミランダ侯爵令嬢は犯行を隠蔽《いんぺい》し、私欲のために王妃の座を得るために婚約者であるジョゼフ王太子殿下に、魅了《みりょう》の魔力を使っていたのです！」

怒涛《どとう》の断罪に息つく暇もなく、ミランダは唖然として立ち竦んだ。

何ひとつ、身に覚えがないのだ。

舞踏会はザワザワと不穏な空気が立ち込めている。

「ちょ、ちょっとお待ちください！　いったい何のことだか……」

ミランダの訴えはジョゼフ王太子の声で遮《さえぎ》られた。

「おかしいと思っていた！　貴様のその怪しげな瞳は、人を誑《たぶら》かす力を持っていたのだ！」

ドーン、と大袈裟に指されたミランダの瞳は確かに、ダークなルビー色で妖《あや》しいまでの美しさだと評判だが、ただ珍しい色というだけで特異《とくい》な力はない。

というか、以前はジョゼフ王太子こそ、この瞳が美しい、好きだと散々惚気《のろけ》ていたのに。

そんなジョゼフ王太子の様子がおかしくなったのは、聖女フィーナがこの宮廷に現れてからだ。

「予言がよく当たる聖女がいる」という噂が王都に広がり、その予知の的確さからフィーナは王室から直々に宮廷に招かれた。いくつかの災難を予言で的中させて、ジョゼフ王太子は徐々にフィーナを盲信するようになった。そしてフィーナもジョゼフ王太子を慕《した》っているのは明らかだった。

ジョゼフ王太子が「予知を国策に生かす」という名目を唱え、婚約者であるミランダよりもフィーナと一緒に過ごす時間が増えた頃から怪訝《けげん》に感じていたが、まさか二人が結託《けったく》して、自分を陥《おとし》れる計画を進めていたとは露《つゆ》にも思わなかった。

（聖女フィーナは予言に嘘を混ぜて、私を失脚に追い込むつもりだわ。予知の能力を王室が信頼しきっている分、覆《くつがえ》すのは難しい……）

ミランダが脳内で状況を整理する間も、ジョゼフ王太子は高らかな声で罪状を述べ、隣の聖女フィーナは勝ち誇った顔で頷いている。

「よって、王太子である私ジョゼフ・ベリルは本日を以《も》って、ミランダ・ブラックストンとの婚約を破棄する！」

ザワッと大きなどよめきが起きて、ミランダの背中に悪寒が走った。

冤罪での断罪、偽の証拠、婚約破棄と、展開が一方的で乱暴すぎる。

「ジョゼフ王太子殿下！　話を聞いてください！」

「ええい、黙れ！　言い訳の続きは罪人らしく、牢獄で語るんだな！」

王太子の言葉の終わりと同時に、両サイドから兵士が力強くミランダの腕を抱え上げ、ミランダは殆ど宙に浮いた状態で捕われた。

ミランダはこれ以上喚《わめ》いても醜態《しゅうたい》を晒すだけだと悟って、黙って兵士に従った。

やりきった正義漢顔のジョゼフ王太子と、仄《ほの》かな笑いを浮かべる聖女フィーナと、眉を顰《ひそ》めて軽蔑の眼差しを向ける人々が遠ざかっていく。

止まった音楽の代わりに「なんて恐ろしい悪女……」「あの目の色は見るからに……」と悪辣《あくらつ》な小声が退場するミランダを見送った。

ミランダの視界は屈辱の涙で歪んだが、毅然と顔を上げて歩いた。

（こんな滅茶苦茶な冤罪がまかり通るわけがないわ。ジョゼフ王太子に事実を説明して、無実を証明してみせる）

だが、悪夢のような断罪劇には、さらに恐ろしい現実と結末が待っていた。

◇◇◇

ガシャーン！

あっという間に、目の前で牢獄の扉が閉まった。

何の弁解もさせてもらえないまま、ミランダは地下牢に投獄された。

冷たく汚れた石畳に、暗い天井。見たこともないほど寂れたベッドがひとつだけ。監視の窓が付いた扉は重い鉄でできている。

日の射差さない地下牢は湿気てカビ臭く、酷い状況だった。

ミランダは夜会のために着飾ったドレス姿のまま、その場で立ち尽くした。

薔薇色の艶《あで》やかな髪とルビーのような瞳を持つミランダは、十七歳にしては妖艶《ようえん》なほどの美貌を持ち、不釣り合いな牢獄の中でも輝いていた。

「はぁ……やっぱり、この顔のせいなのね」

ミランダは幼少の頃からその美しさを称えられる一方で、釣り上がった目が意地悪そうだとか、魔力がありそうな妖しい目の色だとか、お高くとまった表情が気取っているだとか、外見で偏見を持たれることが多かった。

柔らかな雰囲気の聖女フィーナと対照的に、ミランダは所謂《いわゆる》、悪役令嬢といったところだろうか。外見のイメージと、予言の力を利用したフィーナの策略に完全に嵌《は》められた。

「私は美しいものが好き……だから子供の頃から、所作も表情も優雅さを心掛けていたけれど……それが余計に悪役らしく見えたのかしら」

ミランダは悲しみを通り越して、皮肉に微笑んだ。

「せめてお父様が弁解してくださると良いのだけど……きっと無理ね」

ミランダの心配の通り、数人いる娘たちを政治の駒としてしか見ていない合理的な侯爵は、王室が信頼する予言者による断罪に有利な勝算を見出せなかったのだろう。あっさりとミランダを見捨てたらしい。

　領地経営の手腕に長けた侯爵は他者への情に欠くドライな面があり、家族に対してもそれは同じだった。父の冷徹さはミランダのイメージをより悪く見せる一因にもなっていた。


侯爵家の後ろ盾を完全に失ったミランダの処遇は過酷なものになった。

豪華なドレスや宝飾品は没収され、質素な服を与えられると、誰にも会えないまま孤独な獄中生活を強いられた。

　一日に二度、鉄の扉の小さな窓から盆が乱暴に置かれる。

まるで食べ物とは思えない硬いパンと、水のようなぬるいスープだ。

「これが……パン？」

何の匂いもしないそれは、齧《かじ》れば歯が欠けそうなほど硬い。

最初は口にする気も起きず手を付けなかったが、翌日には空腹に耐えかねてパンを手に取った。

色も具もないスープに浸して何とか飲み込もうとするが、身体が受け付けず飲み込めない。人生でこんなに酷い味の物を食べたのは初めてだった。

　食事は無言のまま置かれ、牢獄には誰も語りかけず、人が訪れることもなかった。

　世界のすべてから無視をされ、自分の存在が消えてしまったように錯覚する。そんな孤独の時間は、ミランダにとって何よりも辛く感じた。

劣悪な環境の中で粗末な食事もろくに摂れないまま、不安と恐怖に苛まれた不眠の日々はミランダを確実に衰えさせていった。無実を訴え続ける気力もなくなるほどに。

「あれからいったい何日がたったのかしら……ジョゼフ王太子はいつ、私の話を聞いてくださるのかしら……」

ベッドから起き上がれずに、ジョゼフ王太子が来てくれるのを待つだけの日々が続いた。

だが、もう自分のもとへは誰も来てくれないのだと、ミランダにも薄らとわかっていた。


そうして一縷《いちる》の望みも失い、時間の感覚も失った頃――。

裁判は開かれないまま、罪状と証拠をもとに決定した刑罰の内容だけが、牢獄に伝えられることとなった。

兵士を連れた役人が読み上げる罪状には毒物の精製と所持だけでなく、効果を確かめるために幾人もの侍女や従者に投与した傷害罪。そして王族関係者の不審死もこの毒物が原因という殺人罪まで加わり、まったく身に覚えのない、凶悪な犯罪がでっち上がっていた。

ミランダは牢獄の中で立ち尽くしたまま、一方的に読まれる罪状を放心状態で聞いていたが、刑罰の宣告に差し掛かると衝撃のあまり、久しぶりに大きな声を上げた。

「処刑……私が、竜の生贄に⁉」

想像していた最悪の事態から、さらに斜め上をいく展開だった。

なんでも聖女フィーナの提案によって処罰の方法も決まったらしい。

残忍な発想に目眩がして、ミランダは石畳の上に崩れるように膝を突いた。


このベリル王国は隣国であるザビ帝国との国交問題を抱えるだけでなく、反対側の国境の向こうには竜が棲《す》む広大な森があり、竜族とも対立関係にある。

この竜族には家畜や農産物を献上することで自国への襲撃《しゅうげき》をなんとか回避しているらしいが、そこへ人間を生贄として差し出し、竜族との関係をより改善するのだという。

聖女フィーナ曰く……。

「罪人とはいえ、まがりなりにも王太子殿下の婚約者だったミランダ令嬢です。最後に王国の平和のために役立てることを、彼女も誇りに思うでしょう。私には、この生贄によってベリル王国がさらなる繁栄《はんえい》へと導かれる未来が見えます」

美談を装う冷酷な予言にミランダは寒気が止まらなかった。

竜族が人間の味を覚えてしまったら、森と隣接するこの王国の民は竜族の捕食の対象となってしまう。今後も家畜の生贄でなく、人間の生贄を要求され続けるかもしれない。

だがそんなミランダの反論など、罪人の刑逃れとして誰も耳を貸さなかった。王太子を始め王族関係者の全員が、聖女フィーナの予言に従えばすべてが上手くいくと、思い込んでいるのだ。

（これでは予言を利用した聖女による、王政の乗っ取りと洗脳だわ。この国はいったいどうなってしまうの？）

王国の心配よりも先に、ミランダは残酷な終わりを目前にしていた。

刑罰が宣告されるとすぐに、ミランダは牢獄から連れ出された。

身体を清め、新しい服に着替えるよう指示される。知能の高い竜族が不満を覚えないよう、王国は穢《けが》れなき生贄を貢ぎたいらしい。

湯あみを済ませ、清潔でシンプルな白いドレスを着せられたミランダは処刑を目前にしてやっと、人間らしい尊厳《そんげん》を取り戻していた。

黙々と世話をする宮廷の侍女たちは、ミランダと目も合わせず青い顔をしている。

とんでもない重罪をいくつも犯した上に、前例のない残酷な刑を受ける悪女を前に、複雑な心境のまま口を噤《つぐ》んでいるようだった。

「あっ……」

ミランダの絡《から》まった髪に櫛《くし》を引っ掛けた侍女が思わず口を開きかけたが、別の侍女が「しっ」と素早く制止した。

牢獄にいる間から不自然に他者が自分を避け続けたのは、不吉な罪人である自分と接触をするなという、天啓を騙《かた》ったフィーナの指示があったのかもしれない。ジョゼフ王太子もきっと、それに従ったのだろう。

「綺麗にしてくれてありがとう」

お嬢様然として上品な笑顔で礼を述べるミランダに、櫛を握った侍女は手を震わせて、驚いた顔をしていた。

(獄中生活の間、食事も睡眠も摂らずに弱り切っていたけど、不思議ね。身なりを整えただけで気持ちが蘇るのだから)

ミランダは毅然として姿勢良く歩くと、誘導された馬車に静かに乗った。

その動作があまりに優雅なので、連行する兵士たちも動揺している様子だった。

(どうやっても罪を覆せないのなら、私は最期まで美しく前を向いてみせる。だって私は、無実なのだもの)

夜分に囚人を乗せて出発した馬車は、真っ暗な竜族の森に向かって走り出した。

ミランダは馬車の中から、聳《そび》え立つ王城を見上げた。

子供の頃から見慣れたはずのベリル王国の立派な城は、ミランダの瞳には冷たい牢獄に姿を変えて映った。

感傷に浸る間もなく馬車は走り、王城も生まれ育った王都も遠のいていく。

恐ろしい生贄の処刑時間は、刻々《こくこく》と近づいていた。

第二章 ✦ 竜王様の勘違い

ベリル王国の国境を越えると、馬車は真っ黒な深い森に包まれた。

竜族の棲む広大な森はいくつかの国の境を跨《また》ぐように横断しており、そこは遥《はる》か昔から人間が踏み入ることができない、恐ろしい場所とされていた。

竜族の森には無数の竜が住んでおり、馬ほどのサイズから、城ほどの巨躯《きょく》を持つ竜もいる。中には火を吹き、嵐を起こす竜もいるのだとか。森の奥深く入れば、人間などひとたまりもなく餌《え》食《じき》になるだろう。


馬車が森の端に止まると、兵士たちは無言のままミランダを降ろした。

手首を縛られたまま兵士と共に暗い森の中を歩き進むと、草むらの中に突然、人工的に作られた舞台のような、異質なシルエットが見えてきた。

ベリル王国が竜族への貢ぎ物を置くために設置した、石造りの祭壇だ。通常はここに豚や牛の肉が生贄として丸ごと置かれるらしい。

月夜の下に冷たい祭壇が浮かび上がる景色に、ミランダは恐怖で竦んだ。

兵士たちもいつ竜が現れるか気が気でないようで、そそくさとミランダを祭壇に寝かせると、逃げられないように足を縛り、さらにその周りを南瓜や芋や人参で囲って飾った。

兵士たちは周囲を警戒しながら逃げるように馬車まで小走りすると、ベリル王国に慌てて帰っていった。

「ランチプレートじゃないんだから……」

ひんやりと固い祭壇に仰向けで寝かされたミランダは、付け合わせに囲まれた状態に恐怖と間抜けさが相まって、思わず突っ込んでいた。

手足を縛られて身動きひとつできないが、頭上の夜空には美しい星々が輝いていた。

「綺麗……私はやっぱり、美しいものが好きだわ」

ミランダは星に見惚れて、恐怖を打ち消そうとしていた。

これから生きたまま竜に齧られて食べられるなんて。

恐ろしすぎて、まともに思考ができなかった。

だが、その現実逃避も許されないほど、大きな足音と地響きが祭壇から身体に伝わってきた。

巨大生物が木々の間から、こちらに向かって歩いて来るのがわかる。

ミランダは星空を眺めるのを諦めて目を瞑った。

竜の顔を間近で見たら、叫んでしまいそうだったから。

ズン、ズシン。

「フシュゥ、フシュー」

竜の吐息が突然間近に聞こえて、ミランダは体を硬《かた》くした。

いよいよ食べられるのか。

どうせ食べるなら、ひと思いに丸呑《まるの》みしてほしい……と願ううちに、大きな音が響いた。

「ガブリ！　カブシャ、ガブッ！」

「ひっ……」

ミランダの唇から、思わず小さな悲鳴が漏れる。

耳元で大きな南瓜を齧《かじ》り、貪《むさ》ぼる咀嚼音《そしゃくおん》が鳴っている。どうやら、ランチプレートの付け合わせから食べるタイプの竜らしい。

あまりの迫力と恐怖で目を瞑《つむ》ったまま息を殺していると、竜の後ろから、さらに人の声が聞こえてきた。

「よ～しよし、スコーピオ。好物の南瓜があって良かったな」

まるで犬の飼い主のような、あやし言葉だ。

バリトンの心地よい声質はどう考えても、竜ではなく人間の男性だ。

ペチペチと、多分竜を触る音とともに人間の足音も近づいてくる。

そして、ザッ、と途中で立ち止まる音。

祭壇の真ん中にミランダがいることに気づいたらしい。

ミランダの緊張の一瞬の後、心地よいバリトンはトーンを上げて呟いた。

「えっ、人間の……女の子がいる‼」

「……」

竜も咀嚼をやめて、沈黙になる。

男性はさらに祭壇に近づくと、ミランダを間近で見下ろしているようだ。

「はぁ～」と感嘆の溜息の後、さらにトーンを上げて続けた。

「かっ、可愛い～っ！　えっ、何で？　いや、死んでる⁇」

間近で驚いたり、喜んだり、心配したり、情緒《じょうちょ》がパニックになっている様子にミランダは我慢ができずに、そっと目を開けた。


そこには星空を背景に、こちらを覗き込む上半身が見えた。

夜空と同じ色の濃紺の長い髪がサラサラと風に靡《なび》き、月が二つあるような、神秘的な金色の瞳がこちらを見下ろしていた。高い背に引き締まった体はマントを羽織り、赤い宝石のブローチが光っている。高級感のある身なりから貴族の男性のように見えるが、ひとつ異質なのは、頭の両サイドに竜の角《つの》があることだ。

明らかに人外であるが、ミランダは心の中で呟いた。

（なんて美しい人なの）

時が止まったようにしばらく見つめ合った後、その美しい貴公子はスーッと体を離して澄ました顔をすると、フン、と鼻で笑った。

「人間どもめ。誇り高き竜族が家畜や農産物などで満足しないと、やっとわかったようだな」

いや、さっきは南瓜に喜んでたのに。

とミランダは思ったが、貴公子は続けて、耳を疑う言葉を放った。


「まさかこの竜王に、花嫁を捧《ささ》げるとは」

「……？」


貴公子は美しい顔でニヤリと笑って斜《しゃ》に構えているが、瞳は喜びを隠しきれず輝いていた。

「あの……」

ミランダが口を開くと、貴公子は斜に構えたまま、ビクッと肩を揺らした。

「竜族の方、ですよね？　食べないんですか？」

「え、えっ？」

「私を食べないんですか？」

ミランダはいつ食べられるかという恐怖から解放されたくて、率直に質問していた。

貴公子は目を丸くした後、落ち着きなく目を泳がせた。

「た、食べるって、それはその、花嫁だからな。だが、物事には順序があるっていうか」

いろいろと勘違いしている様子だが、ミランダは縛られたままの手足が痛くなっていたので、両手を差し伸べた。

「あの、ひとまず縄を解いてもらえませんか」

竜族の貴公子はハッと我に返ると、小さなナイフを取り出して、手早く手足の縄を切ってくれた。手を摩《さす》るミランダをそのまま茫然《ぼうぜん》と眺めていたが、祭壇から下りるのに苦戦しているのに気づくと、すぐに手を差し伸べてくれた。

意外にも紳士的なようで、ミランダは安心した。

祭壇を下りても貴公子は手を支えたまま、まるでダンスの途中のように、月光の下でミランダの瞳を覗き込んで時を止めていた。

「美しい瞳だ。まるで月明かりに咲く夜の薔薇」

貴公子の感想にミランダは即答した。

「貴方の方が美しいですよ?」

「え、どこが?」

「髪も、瞳も、全部。その角も綺麗ですね」

「角……怖くないのか?」

「はい」

貴公子は無表情を気取っているが、嬉しさが唇の端に溢れている。

冷たいほどに端整《たんせい》で迫力のある外見だが、心の中は無邪気《むじゃき》というか、素直なのが滲《にじ》み出てしまうのだとミランダは考え、思わず笑みがこぼれた。

貴公子はミランダの笑顔に見惚れながら自己紹介をした。

「俺は竜族の王。ルシアン・ドラゴニアだ」

「私はミランダ・ブラックストンです」

「この先に竜王城がある。案内しよう、花嫁殿」

竜王ルシアンがスコーピオと呼んでいた赤い竜に手を置くと、竜はまるで犬のように、そっと地面に伏せた。

「さあ、どうぞ」

「え？」

まるで馬車に乗車案内するように手を翳すルシアンの顔と、竜と、ミランダは往復で何度も見てしまう。

固まっているミランダの手を取ってルシアンは竜の脚の上に立ち、ミランダも連られて、鋼《はがね》のような竜の身体によじ登った。

竜の背中には、馬の鞍《くら》のような物が付いている。促《うなが》されて恐る恐るそこに座ると、ルシアンはミランダの背後に座って手綱《たずな》を持った。

「しっかり掴まっていてくれ」

言われた通り、ミランダは鞍に付いている取手をこれでもかと強く握り締めた。

ふわっ。

と身体が無重力になって、ミランダは思わず悲鳴を上げた。

「きゃあ！」

「ゆっくり飛ぶから、大丈夫だ」

ルシアンの言う通り、竜のスコーピオは慎重にゆっくりと浮上した。まるでルシアンと意思を疎通《そつう》しているようだ。

大きな翼を優雅に羽ばたかせて、スコーピオの身体は地面から少し上を滑るように飛行した。徐々に高度を上げると木々の真上まで上昇し、森を飛び越えるように水平に飛んだ。

「あ、あわわ……」

ミランダはパニックのまま、生贄の祭壇があるベリル王国の国境からどんどん離れて、竜族の森の奥地へと運ばれて行った。

◇◇◇

目的の竜王城に到着して、ミランダはふらふらとした足どりのまま、竜から降りた。

空中にいる感覚が抜けなくて、まるで雲の上を歩いているようだった。

そして目前にある丘を見上げて、さらに驚きの声を上げた。

「ええ⁉」

真っ黒な森の奥深く。丘の上には、立派な古城が聳え立っている。

歴史を感じる重厚な造りの城はゴシック調のデザインの窓や扉で飾られて、窓の奥には住居らしく灯りが揺れていた。だが、不思議なことにその城の頭上には雨雲が留《とど》まっており、城にだけ土砂降りの雨が降っているのだ。

　まるで大きなシャワーを浴びる城、という異様な景色だが、竜王ルシアンは真顔のまま慣れた手つきで傘を出すと、ミランダの上で開いた。

「あ、あの、竜王様。お城に雨が降っていますが……」

「ああ。気にしないでくれ。俺は天候を操《あやつ》る力があるんだが、ここ数年はずっと雨なんだ」

「竜王様自ら、ご自分の城に雨を降らせているのですか？」

「まあ、わざとじゃないんだが」

　ミランダは腑《ふ》に落ちないが、ルシアンが完全に傘からハミ出ているので、なるべく寄り添って城に入った。それでもルシアンはびしょ濡れだ。


「ルシアン様、おかえりなさい！」

　扉を開けると予想外なことに、城の中から小さな子供が迎えてくれた。

　銀色の髪が肩まである、青い瞳の可愛い子だが、男の子のようだ。リボンの付いたシャツにショートパンツを合わせて、やはり貴族の子供のような格好をしている。

「わっ⁉」

　ミランダを見て男の子はひっくり返りそうなほど驚いて、すぐにルシアンを見上げた。

「ルシアン様！　どこから攫《さら》って来たんですか⁉　まさか人間の女性を誘拐するなんて！」

「アルル。人聞きの悪いことを言うな。ミランダは花嫁として竜王に捧げられたのだ」

「花嫁⁉」

アルルと呼ばれる男の子は唖然とした顔でミランダを見つめている。信じられない、という顔だ。

確かに、ミランダにもこの展開が信じられない。何せ竜の生贄として食べられるためにこの森にやってきたのに、竜王は美麗《びれい》な人型だし、お城はあるし、ご家族までいるし。

「可愛い弟さんですね」

「いや、弟ではない。配下《はいか》のアルルだ」

「配下……」

よく見ると、アルルの銀色の髪の両サイドにも小さな角があった。

アルルは幼いながらも、貴族のように丁寧にお辞儀をした。

「初めまして、お妃様。僕は一番新しい捨て子です」

ミランダがギョッとすると、ルシアンがアルルを制した。

「アルル。余計なことを言うな」

「はい、ルシアン様」

二人の妙な会話も気になるが、それよりもミランダは、城の内部の惨状に驚いた。

古めかしくも立派な城の内部は、ありえないほどに物で溢《あふ》れていたのだ。

芸術品と見られる銅像、絵画、壺《つぼ》や陶器をはじめ、大量の本に燭台《しょくだい》。椅子はデザイン違いで無数にある。足の踏み場もないとはこのことだ。

「ルシアン様……すごい物の数ですね」

「ああ。これらはすべて、貢《みつ》ぎ物だ。多数の国から竜王に捧げられるのでな」

確かにどれも高級な物らしいが、貰った物をすべて詰め込んだ結果、城が物置状態になっているのは気にならないのだろうか。

美し物好きなミランダは内心モヤモヤとするが、ひとまず竜に食べられることなく、城に入れてもらえたのはありがたい。

ほっと安堵の息を吐いた途端に、ミランダは腰が砕けるように倒れた。

「ミランダ!?」

ルシアンが血相を変えて支えてくれたおかげで、頭を打たずにすんだ。

「すみません。ちょっと安心したら、疲れが……」

獄中生活の間、不眠の上に食事もろくに摂《と》れなかったミランダは、精神的な疲弊《ひへい》も相まって限界がきていた。

力の入らない体は突然、グンと軽くなる。

ルシアンの両腕に抱かれて、宙を浮いていた。

一見スラリとした竜王の予想外の力強さと、急激に近づいた温かい胸や端整な顔に、ミランダは鼓動が跳《は》ねるように緊張した。

ルシアンは竜王らしく毅然として、アルルに命令を下した。

「アルル！　寝室の用意を！　花嫁の具合が悪い！」

「はい！」

他所のお宅に来てすぐに寝るのも申し訳なく感じて、ミランダは慌てた。

「いえ、大丈夫です……」

「大丈夫ではない！」

アルルが急いで駆け上がる階段を追ってルシアンも二階に上がるが、床に置かれた邪魔なオブジェに何度も躓《つまず》いている。ミランダは照れと危なっかしさでドキドキしながら運ばれて、客室と思われる部屋に到着した。


広々として明るい内装の部屋だが、ここも物がギッシリだ。

だが中央にはふかふかの大きなベッドがあり、ミランダはそっとベッドに寝かされた。

「あ、ありがとうございます。重かったでしょう？」

「何を言う。花嫁を運ぶのは、婿《むこ》の役目だ」

格好付けた傲慢《ごうまん》なドヤ顔は美しくて、勘違いとのアンバランスさにミランダはクスクスと笑う。

ルシアンはその様子を嬉しそうに眺めながら、ミランダの額に触れて熱を確かめた。

「花嫁殿《はなよめどの》が笑うと、花が咲いたようだな。竜王城に薔薇が咲いたぞ。アルル」

後ろから覗き込んでいるアルルも頷いた。

「本当ですねえ。ルシアン様。良き貢ぎ物をいただきましたね」

「よし、お茶と着替えと食事と……花嫁のために用意が必要だ！」

ルシアンとアルルは張り切って、躓きながら部屋を出て行った。

シンとした客室で、ミランダは横になったまま、呆然と赤い顔をしていた。

ランチプレートの生贄から竜王の花嫁というトンチンカンな状況なのに、自分に触れるルシアンの綺麗な指や、温かい掌《てのひら》や、素直な褒め言葉がミランダを優しく包み、同時に胸を高鳴らせていた。

降りしきる雨の音と鼓動の中で抗《あらが》いようのない眠気に誘われて、ミランダはぐっすりと眠りに堕《お》ちていった。

第三章 ✦ 薔薇とパン

翌朝――。

柔らかな朝日と鳥の囀《さえずり》を浴びて、ミランダは目を覚ました。

室内に詰め込まれた美術品が明るく輝いていて、ここは竜王城だったと思い出す。

まるで物置のような状態なのに掃除は行き届いているようで、ベッドも寝具も日差しで真っ白に輝いていた。

雑多な物を避けながら大きな窓辺に近づくと、土砂降りだった雨は霧雨《きりさめ》となっていて、森が明るく見える。あの真っ暗で恐ろしく見えた竜族の森とは思えない、爽やかな朝だ。

ベッドサイドには水や洗面道具などが揃《そろ》えられていた。昨晩、自分が寝入っている間にルシアンとアルルが用意してくれたのだろう。

ミランダは顔を洗い、髪をとかして身支度を整えると、客室の扉をそっと開けた。

城の階下から、賑《にぎ》やかな声が聞こえてくる。

床に置かれたオブジェを避けながら、ミランダは忍び足で階段を降りてみた。

「ルシアン様、雨が弱まりましたよ！　こんなお天気は何年ぶりでしょうか！」

「ああ。雨雲が何故か薄くなっているようだな」

ルシアンとアルルがロビーの大きな窓に齧《かじ》り付いて、外を眺めていた。

よほど珍しい天気らしい。

「あの……おはようございます」

ミランダが階段の手摺りに掴まったまま小声で挨拶をすると、二人は高速で振り返った。

「おお、朝日の中の花嫁殿！」

「わぁ～、夢じゃなかったですね！」

ルシアンは珍しいものを見つけたみたいにミランダに近づいて、瞳を輝かせていた。

「陽を浴びて咲いた薔薇も美しい」

「あ、ありがとうございます」

そう言うルシアンこそ、全身が光り輝いて黄金の瞳が神々しい。

ミランダは冷静になった分、昨晩よりも混乱していた。

竜王の角も、尖った犬歯も、明らかに人外である特徴は迫力があって気圧される。自分は花嫁として城に迎えられたらしいが、朝食で自分が食材にならないとも限らない。

南瓜を丸噛りしていた巨大な竜を思い出して、ミランダは恐怖で唾を飲み込んだ。

「お妃様！　朝食のご用意ができていますよ」

アルルが食堂に案内してくれて、ミランダは後を付いていった。

自分を乗せる生贄の皿がありませんように……と願いながら、食堂へと続く廊下を歩いた。

壁には所狭しと絵画が飾られている。果物や野菜、鶏の絵と、一応テーマを合わせているようだが、目が回るほどの枚数だ。

食堂に辿り着くと室内はやっぱり物だらけだが、美しいシャンデリアや背の高い窓が朝日で輝いていて、もともとは素敵な内装なのだろうとわかる。

大きなテーブルには綺麗な白いクロスが掛かっており、その上には彩り豊かな朝食が用意されていた。


ふわふわのオムレツと、温野菜にハーブを添えたお皿。

その横には、柔らかそうな艶《つや》のあるパンと沢山の果物……。

久しぶりにまともな食卓を目の当たりにしたミランダは、思わず釘付けになった。

アルルはミランダの椅子を引いて座らせると、温かなスープを配膳《はいぜん》し、楽しそうに給仕をしている。

「僕が野菜を蒸《む》して、ルシアン様が卵とパンを焼きました！」

「え？　竜王様が自らパンを焼くのですか？」

「はい。ルシアン様はケーキもお肉も焼きますし、お料理が得意です」

アルルは声を潜めて、ミランダの耳元に近づいた。

「僕がこの城に来てから、ルシアン様は料理を勉強してくださったのです。子供に栄養が必要だからって」

　ミランダが驚いてアルルを見ると、満面の笑みで口元を押さえていた。

「余計なことを言うなって怒られちゃいますが、今日のパンの形……」

　言われてパン皿を見下ろすと、それは見事な薔薇の形だった。

「ミランダ様をイメージしたんだと思います」

「そ、そうなのかしら。嬉しいわ」

　自分を生贄として食べるどころか、優しくおもてなししてくれる竜王とアルルに、ミランダは胸が温かくなった。

　そして祖国で聞かされていた竜族の凶暴なイメージと、明かされる現実のあまりのギャップに戸惑っていた。

　何しろ、竜族とは知能は高いが野蛮な竜たちの集まりで、竜を統《す》べる残虐《ざんぎゃく》な王は人間の肉を好んで食す、というのがベリル王国での常識だったのだ。しかも目撃者による証言から、竜王は巨大な竜の怪物として歴史書に描かれていた。

　ベリル王国のいい加減な情報と教育にミランダは呆れるが、踏み入ることができない未知の世界を恐怖と想像で描いていたなら、仕方がないのかもしれない。

　ミランダが竜族へのイメージを改めている間に、ルシアンがやって来た。アルルも席に着き、明るい部屋で和《なご》やかな朝食の会となった。

ミランダが薔薇のパンをそっとちぎると、まだほんのりと温かい。

あの牢獄の、石のように硬い無味無臭のパンと違って、ふわっ、と良い香りがする。

お腹が卑《いや》しく鳴ってしまいそうで、ミランダは慌ててパンを口に含んだ。

柔らかい甘みが口いっぱいに広がって、ほっぺがジ〜ンと震えている。


「お……おいひぃ！」


お行儀が悪いと思いつつも、歓喜のあまりつい声を漏らしてしまった。

正面の席で食事をしていたルシアンはこちらに笑顔を向けて、ミランダは照れ笑いをした。

黄金色のスープは野菜が優しく溶け込んでいて、お腹が温かくなる。

ふわふわのオムレツは濃厚な卵にほのかにミルクとスパイスが香って、蕩《とろ》けるほど美味しい。

最初は少しずつ味わっていたミランダだが、途中から堰《せき》を切ったようにお皿に齧り付いて、夢中で食べてしまった。獄中での栄養不足を取り戻すように、身体が食べ物を欲している。

ルシアンはフォークを皿に置いてこちらを眺めているし、隣のアルルは口を開けて自分を見上げている。しかしミランダは猛烈《もうれつ》な食欲をどうしても止めることができず、涙目で朝食を頬張り続けた。


食事の後のお茶の席で、ミランダは真っ赤になって俯いていた。

ルシアンとアルルはにこやかだが、きっと異常な食べっぷりだと思ったに違いない。

ミランダは思わず、言い訳が口をついてしまう。

「あ、あの、獄中の食事が酷かったので、つい……」

「獄中？」

ルシアンが目を丸くしていて、ミランダはしまった、と肩を竦めた。

竜王は自分を花嫁だと思っているのに、獄中はおかしい。辻褄《つじつま》の合わない状態に観念して、ミランダはルシアンに生贄となった経緯を正直に説明することにした。


説明の途中でルシアンは立ち上がり、盛大にティーカップを倒した。

生贄の祭壇にミランダが捧げられた理由に、激昂《げきこう》したのだ。

「こんな可憐な乙女を、竜の餌にだと⁉　ベリルの王族どもは頭がおかしいのか⁉」

その瞬間、霧雨だった外は猛然《もうぜん》と雨が降り出して、雷が鳴り響いた。

暗転した室内に走る稲妻《いなずま》がルシアンの影を映し出し、金色の瞳が竜の如《ごと》く光っている。

「人肉を食わせて我ら竜族を手懐《てなず》けようとは、愚かな王族どもめ。永遠の洪水で国土諸共滅ぼしてくれようか。それとも、幾万もの雷で焼き尽くしてくれようか！」

ミランダはルシアンの怒りを身体全体でビリビリと感じて、圧倒された。

人肉を食べなくても人間と国を滅ぼすなど、竜族には簡単にできるのだ。だから周辺の国は貢ぎ物をし続けて対立を避けているのだと、ミランダは理解した。

城の近くの大木に激しい雷が落下して、轟音《ごうおん》が鳴った。

アルルは慌てて立ち上がる。

「ルシアン様、落ち着いてください！　城に落雷したら大変です！」

「う、うむ。しかしだな、乙女を生贄にする蛮国《ばんこく》なんぞ、滅ぼすべきじゃないのか⁉」

「確かにおっしゃる通りですが！　滅ぼしちゃダメです！」

アルルに宥められながら、ルシアンは必死に怒りをコントロールしようとしている。

天候を操るルシアンの強い感情は雨や嵐を起こし、この城の被災は城主の情緒《じょうちょ》に左右されているようだ。

ミランダも立ち上がって、慌ててフォローした。

「あの、でも、こうしてお城に保護していただいて、本当に助かりました！　それに、薔薇のパンもオムレツもすごく美味しくて……嬉しかったです！」

ルシアンはハタと頬を赤らめると、澄ました顔をして優雅に座り直した。

「コホン。それならいいが……花嫁殿には、ゆっくり休んでほしい」

暗雲が去って外の雨が弱まり、アルルは安堵した。

そしてミランダを見上げて、悪戯《いたずら》っぽく笑った。

◇◇◇

午後はお散歩がてら、竜族の森を案内してもらった。

霧雨が降り続ける城を離れると、森は晴空だった。豊かな緑が風に揺れて、なだらかな草原には野花が咲いている。

城の周りは長閑《のどか》な森に囲まれているが、広大な森の奥地には手付かずの自然があり、洞窟《どうくつ》や湖や険しい岩場もあるらしい。

竜族の森は不気味な夜の姿と違って爽《さわ》やかな雰囲気ではあるけれど、やはり普通の森とは訳が違う。岩の上や木陰の彼方此方《あちらこちら》には、大小様々な竜たちが悠然《ゆうぜん》とくつろいでいるのだ。ミランダは竜を見つけるたびに、恐怖で身体が竦《すく》んだ。

ルシアン曰く、この森の竜は人間を食べないということだが、鋼のような皮膚に鋭い牙と爪は、やはり恐ろしく感じる。

ルシアンは気軽にペチペチと竜に触って、竜も犬や猫のように「クー」と鳴いて頭を擦《す》り付けている。

「ずいぶん懐《なつ》いているんですね」

「配下だからな。懐くというより、忠誠《ちゅうせい》を示しているんだ」

ルシアンの後ろに完全に隠れながら、ミランダはなるべく早く見慣れようと、竜の顔を間近で観察する。ルシアンを見上げると、神秘的な黄金の瞳は竜と同じ色だった。

「竜たちにもミランダを紹介せねば。ほら、竜王の花嫁だぞ～」

まるで親族に紹介されているようでミランダは赤面する。

どうやらルシアンはミランダが生贄として来たと聞いても、花嫁を貰ったという認識は変わらないようだった。罪人としてどこにも行く宛てのないミランダはベリル王国に突き返される様子もなく、ほっとしていた。


アルルは籠《かご》を手に先を歩き、途中で野苺を摘《つ》んだりハーブを採《と》ったりしている。

「アルル君、何を採ってるの？」

「夕食に使うハーブですよ。これで肉の臭みを消したり、ソースを作ったりします」

「お夕食はアルル君が作るの？」

「お料理はルシアン様がお上手ですので、僕はお手伝いです」

ミランダは花嫁らしく「自分が作る」と言いたかったが、貴族の邸《やしき》で育ち、上げ膳据《す》え膳の生活をしていたミランダには料理の知識が何もなかった。

「私もハーブを採るのを手伝うわ。これと同じ草を集めればいいのね」

ミランダはせめて役立とうと腕まくりをして、草を摘み集めてきた。

が、アルルは籠を手で塞いだ。

「あ！　それは毒草ですから、入れてはダメですよ」

「え⁉」

「葉の形は似ていますが、根に毒があるので」

ミランダは恥ずかしさで真っ赤になって、草をそっと地面に戻した。

それを見ていたルシアンはミランダの手を取って、丁寧に土を払った。

「ああ、花嫁殿の手が汚れてしまったではないか」

「ハーブと毒の見分けもつかないなんて、私は世間知らずですね」

「そんなお嬢様が毒物を精製できるわけがないな」

「本当に……聖女フィーナもジョゼフ王太子も、私を買いかぶりすぎです。私には毒薬を作る知識もなければ、他人に投与する度胸もないのに。ましてや魅了の魔力だなんて……」

皮肉を言いながら落ち込むミランダを、ルシアンは微笑んで見下ろしている。

「俺がその瞳に魅了されているのだから、竜族には特別に効くのだろう」

「そ、そうでしょうか」

ミランダは照れて、目線を外した。

「私たち人間の中にもルシアン様ほどではないですが、ごく稀《まれ》に能力を持つ者がいます。聖女フィーナのように」

「予知の力か」

「はい。数々の災害や事故を予知するだけでなく、ジョゼフ王太子によると、伏せたカードやポケットの中身も当ててしまうそうです」

「ほ〜。なかなかに便利だな」

「皆が盲信《もうしん》する能力者の言うことですから、誰も私の無罪など信じてくれません」

ミランダは俯《うつむ》いた後、ルシアンを見上げた。

「ルシアン様は私を信じてくださいますか？」

ルシアンは自信に満ちた顔で、にやりと笑う。

「勿論《もちろん》、花嫁を信じるさ。それにさっきの毒草を間違って俺に食わせても、それくらいでは死なないから安心するがいい」

頼もしく宣言して、もう一度ミランダの手の土を払うふりをして、そのまま手を繋《つな》いでいた。

冷たく傲慢な雰囲気の顔に似合わず、ルシアンの手は温かい。それどころか熱いくらいだ。

ひょっとして、内心では自分と同じように緊張しているのではないかとミランダは考えて、笑みが浮かんでしまう。

行きがけに恐ろしく見えた森に棲む竜たちも、帰り道では不思議と可愛らしく見えていた。

◇◇◇

「あら？　ルシアン様は？」

お散歩から帰って城に戻った後、アルルが午後のお茶を準備してくれているテーブルの席に、ルシアンは見当たらなかった。

「お出かけなさいました。街へ。ふふふ……」

アルルは含み笑いをしている。

「竜王様も街へお出かけなさるのね」

「いいえ。こんなことは滅多にありません。何せ竜王様は、引きこもりですので」

「え？　引きこもり？」

「ええ。竜王城に篭《こも》って誰にも会わないので、街への買い出しは普段、僕が担当なんですよ」

「まあ」

アルルは我に返ったように、口を押さえた。

「あわわ。僕、また余計なことを言いました。ルシアン様には内緒にしてください」

「うふふ。アルル君はルシアン様に忠実なのね？」

「はい。僕は竜王様の配下なので」

十歳前後に見える幼い子供が自分を「配下」と口にするのは何だか可笑しいが、ミランダは自分が踏み入った竜族の世界をもっと知りたいという気持ちになっていた。

「それでは、僕は夕食の準備があるので失礼します」

頭を下げて退室しようとするアルルをミランダは追いかけた。

「待って！　私も手伝うわ！」

「ダメですよ。お妃様には充分に療養《りょうよう》してもらうようにと、ルシアン様の言いつけです」

「ご飯を食べたら元気になったもの」

アルルは首を振る。

「まだ顔色が優《すぐ》れませんし、ルシアン様もお妃様が痩《や》せ細っていて軽いと心配していました。どうかゆっくり休んでください」

ミランダは食堂のテーブルにぽつんと残されて、目前にある紅茶とお皿に並べられた数枚のクッキーに注目した。

「クッキー……これもルシアン様が作ったのかしら？」

丸、四角、とシンプルな形だが、ナッツが入っていたり、ココア色とバニラ色に分かれていたりと凝っている。

ミランダは他所のお城でひとり優雅におやつを食べる自分に引け目を感じながらも、一枚取って、サクッと齧ってみた。

途端《とたん》に広がる、バターの香り。何よりサクサクと軽やかな口当たりがナッツの細かい歯応えとマッチして……サクサクサクサク、サクサクサクサク。

「はっ⁉」

ミランダが我に返った時には、クッキーを完食していた。

いかに牢獄でひもじかったとはいえ、自分の食べっぷりに引いてしまう。

「わ、私ってこんなに食いしん坊だったかしら？　……ううん、違う。このお城のお料理が……

ルシアン様の作るお料理が美味しいのだわ」

うんうん、と納得するように頷いて紅茶を流し込むと、急いでアルルを探しに立ち上がった。

竜王城はどこもかしこも物が溢れていて、小さなアルルを探すのに苦心したが、アルルは城の外にあるお庭のテーブルで芋の皮を剥《む》いていた。

息を切らせてやって来たミランダに、アルルは気づいて手を止めた。

「あれ？　お妃様。どうしたんです？」

「ク、クッキー……あれも竜王様が作っ……きゃあ⁉」

ミランダは途中で、アルルの横にある大きな物体は茂《しげ》みではなく、竜だと気づいた。

緑色で完全に森と同化して見えたが、アルルが剥いた芋の皮を食べている。

「あはは！　タウラスは野菜の皮が好きなんですよ」

緑竜は咀嚼しながらミランダを真っ直ぐに見た。

瞳がうるうるとして、よく見ると可愛い顔をしている。

「そ、そうなのね？　い、いい子……いい子」

撫でる勇気はないが、遠隔《えんかく》で撫《な》でる動作をしてみた。

するとタウラスは自ら首を突き出して、ミランダの掌にトン！　と頭を擦り付けた。

「ひぃ⁉」

「大丈夫ですよ。タウラスは撫でられるのが好きなので」

ミランダは固く目を瞑りながらぎこちなく頭を撫でて、そっと竜の反対側に回って、椅子に座った。

「竜王様のクッキー、美味しかったですか？」

「ええ！　美味しかったわ。やっぱりルシアン様の手作りなのね」

「僕の好物なので、いつもおやつに用意してくれるんです」

ミランダはアルルが器用にナイフを使って芋を剥いているのを見て、自分もテーブルに並んだナイフを取って芋を持ち、どう剥くのかと首を傾《かし》げながら、アルルに質問を続けた。

「ルシアン様はお城に引きこもって、毎日お料理をしているの？」

「竜たちのお世話もしていますよ。この森のいろんな場所に棲んでいる竜に異常はないか、様子を見て回ったり」

「竜と密着した生活なのね」

「それは竜王ですから……あ⁉」

アルルはミランダがおぼつかない手でナイフを握《にぎ》っているのを見て、慌てて立ち上がった。

「ちょっと、ダメですよ！　お妃様にナイフで怪我なんかさせたら、僕が怒られますから！」

ミランダは芋とナイフを置いて、シュンと肩を落とした。

アルルは困った顔をして小首を傾《かし》げている。

「お妃様。僕のためだと思って、せめて療養しているフリでもいいから、してくださいませんか」

おねだりするようなアルルの顔があまりに可愛らしいので、ミランダは思わず頷いた。

「わかったわ、アルル君。狸寝入《たぬきねい》りなら任せて頂戴」

ミランダはお姉さんぶった顔で胸に拳を当てて、客室に戻って行った。


「私……アルル君に上手に転がされている？」

二階の客室の窓から庭を見下ろしながら、ミランダも小首を傾げた。

眼下のアルルは野菜の皮を剥いた後掃除をして、タウラスを遊ばせて、竜たちの体を拭いて……チョコマカと動き回って仕事をしている。

「アルル君は小さいのによく働くし、お利口さんだし、さすが竜王様の配下なのだわ」

ミランダは感心して振り返った拍子に足元がふらつき、窓際にある銅像に頭をゴーン、とぶつけていた。

「いたぁ！」

そのままヨロヨロと床にへたり込んで、ミランダはショックを受けた。

「私……自分では元気になったつもりだったけど、体はまだフラフラしているのね」

涙目でベッドに座ると、自分の着ている服を見下ろした。

「それに生贄として着せられた服のまま……」

簡素な白いドレスもパンプスも、森を歩き回って薄汚れていた。ドレスの裾《すそ》から見える脚や手首も、以前と比べると随分《ずいぶん》と痩せていることに気づいて、ミランダは惨めな気持ちになった。

「ルシアン様とアルル君が心配するのも無理ないわ。薄汚れた服を着て、痩せ細った身体でフラフラしているのだから」

ミランダはせめて髪だけでも綺麗に整えようと、部屋に用意してもらった香油《こうゆ》と櫛で髪を解いた。薔薇の香りに包まれて一生懸命に手入れをする鏡の中の自分は、青白い顔をしながらも乙女心が蘇《よみがえ》るように、瞳が輝いていた。


時間をかけて指や爪先まで丁寧に手入れをしているうちに、城の外は夕陽色に染まっていた。

「ただいま」

遠くルシアンの声が聞こえて、ミランダはピョコン、と椅子から跳《は》ねて立ち上がった。

「ルシアン様が帰って来たわ！」

いそいそと鏡を見ながら髪を整え、服の乱れを直して、客室の扉を開けた。

そっと階下に耳を澄ませるとアルルとの会話が聞こえる。

「ルシアン様、何をそんなに買い込んだんです？」

「ハハハ。全部花嫁の物だぞ」

ミランダはロビーに響くバリトンの声にドキドキしていた。

数時間不在だったルシアンに再会できることに、どうやら自分は喜んでいるようだ。しかも毛並みや爪まで整えて。これではまるで飼い主を待つ室内犬のようだと、自分が滑稽《こっけい》に思えてくる。

ルシアンとアルルが荷物を抱えて階段を上がってきたので、ミランダは慌てて客室に戻り、療養している風を装った。

ベッドの上に座っているとノックが鳴って、ルシアンが現れた。

背が高くスマートな身体に、お出かけ用のシックな色のスーツが似合っている。マントを着けたまま、手には大きなトランクや袋を抱えていた。

ミランダはその姿を見て、また胸がドキドキしていた。

男性の声を聞いたり、姿を見ただけで胸が高鳴るとはどういうことなのだろうか。ミランダにとってこんな現象は初めてだったので、動揺していた。婚約者だったジョゼフ王太子にも、こんな気持ちになったことはなかった。

「おお、花嫁がいた！」

ルシアンはミランダを見つけて笑顔を輝かせると、ベッドの足元に跪《ひざまず》いて手を取った。

「俺がいなくなった間も、いてくれたんだな」

「い、いますよ、勿論……」

「また会えて嬉しいぞ」

私も、とは言えずにミランダは真っ赤になって笑った。

ルシアンは部屋に持ち込んだ大きなトランクを開けると、中身を次々と取り出した。

それは色とりどりのワンピース、ブラウス、スカート……。室内が急にお花畑になったみたいに、可愛い色で溢れた。

「お洋服がこんなに⁉」

「ああ。花嫁の普段着がないからな。森を歩いたり、城で気軽にすごせる服を買って来た」

ミランダは思いもよらなかった土産物《みやげもの》に目を丸くした。自分が先ほどから惨《みじ》めに感じていたこの生贄のドレスを、ルシアンは早くから気にかけてくれていたのだと驚く。

「既製品《きせいひん》だが、ウェストをリボンやホックで調節できるものばかりだから、サイズは大丈夫だろう」

ミランダがワンピースやブラウスを広げてみると、レースやリボンでお洒落《しゃれ》にデザインされていて、どれも可愛らしい。自分のために竜王が自らこんなに沢山選んでくれたのかと、嬉しさで思わずワンピースを抱きしめた。

ルシアンは続けて革製の編み上げブーツを取り出して、床に置いた。

「それにヒールで草地を歩くのはしんどいからな。歩きやすい靴を買って来た」

披露される品々を眺めていたアルルは感心して、ルシアンを見上げた。

「だから、ルシアン様は外の土をメジャーで測《はか》っていたんですね？」

「ああ。花嫁の足跡《あしあと》が残っていたからな」

まるで捜査官《そうさかん》のような測り方にミランダは笑ってしまう。

「竜王様にこんなにお買い物をさせてしまったなんて、何だか申し訳ないです」

「ん？　楽しかったぞ。全部、花嫁を想像して買ったからな。どれも似合うだろうと思って、欲張ってしまった」

アルルがクスクスと笑っている。

「竜王様。マントのフードを被ったまま買い物をしたんですか？」

「うむ。これでずっと角を隠していたのだ」

「女の子のお店で目立ちますって！　不審者みたい！」

笑い転げているアルルと、買った物を次々と出す得意げなルシアンを見てミランダも笑ったが、ワンピースを抱きしめる胸の奥が、じんわりと熱くなっていた。


夕食の席で。

ミランダはさっそく、ルシアンに買ってもらったワンピースとブーツを身につけて、食堂を訪れた。

長い間、囚人《しゅうじん》の灰色の服と生贄の白い服しか着ていなかったので、綺麗なチェリーレッド色のスカートが嬉しくて、ミランダはもじもじと照れつつも、くるりと回ってルシアンに見せた。

はにかんで紅潮《こうちょう》した頬と輝く瞳のミランダに、ルシアンはサラダの皿を手にしたまま、時を止めて魅入っている。

「か、可愛い‼」

素直な喜びの声を上げて、ルシアンは満面の笑みになった。

時々現れる無邪気さは、竜王であることを忘れるくらい少年のような表情になる。

それをすぐに気取った顔で取り繕《つくろ》って、ミランダを席にエスコートしてくれた。

（竜王様は迫力のある外見だけど、意外に私と歳が近いのかも？）

ミランダが下からじっとルシアンを見上げると、ルシアンもじっとミランダを見下ろしていた。

「あぁ、俺の花嫁が可愛すぎて、さくらんぼの妖精になってしまった」

早口で譫言《うわごと》を呟いた後、我に返ったようだ。

「……コホン。よく似合っているよ」

「あ、ありがとうございます」

心の声がだだ漏れのルシアンにアルルは笑いを堪《こら》えて、料理を運んで来た。

自分の前に大きなお皿が置かれて、照れていたミランダは途端に眼を光らせて、お皿に一点集中した。


芳しい湯気が立つ皿の真ん中で、大きなチキンが堂々と主役を張っている。

それは野菜で煮込まれたクリームスープの湖に、優雅に浮かんでいた。

見るからにジューシーで肉厚な鶏肉とゴロゴロ野菜の艶やかさに、ミランダは思わずスプーンを握りしめた。


「花嫁殿に元気になってもらうには、やっぱり肉だろう！」

ルシアンの言葉に脳内で高速で頷《うなず》きながら、鶏肉をスプーンで崩した。

ほろっ、と解《ほど》けるように柔らかくクリームに絡まって、ミランダはたまらずそれを頬張った。

「ん……んん‼」

　嗚呼、何日ぶりのお肉だろうか。というか、生まれて初めて食べた鶏肉の味だった。こんなに濃厚でジューシーなお肉は、実家でも宮廷のパーティーでも食べたことがなかった。

　ほっぺがジ〜ンとしすぎて涙目になるミランダに、アルルは教えてくれた。

「これは幻の怪鳥と呼ばれる珍しい鳥で、市場には出回らないのですよ。竜のタウラスは狩りが得意で、人間が近寄れない崖から獲《と》ってきてくれるんです」

　芋の皮を食べていた、あの緑の巨大竜を思い出す。幻の怪鳥を狩るのに野菜の皮が好きだなんて、なんて慎《つつ》ましい子なんだろうか。あのうるうるとした瞳がますます可愛く思えていた。

　そして同時に、ミランダは確信していた。

　竜が狩る食材と竜王の料理の腕によって、この竜王城は人知れずグルメな城となっているのだと。

第四章✦竜王城の断捨離

ミランダは点々と置かれたオブジェを避けながら廊下を歩き、いち・に・さん……と、慎重に階段を下りた。竜王城は相変わらず物で溢れているが、ルシアンが買ってくれたブーツで安心して歩けるのが嬉しくて、顔を綻《ほころ》ばせながら両手を広げて着地した。昨日はフラフラしていた身体も、今朝はだいぶ回復しているように思えた。

「それに何と言っても、このお肌」

ロビーに掛かっている大きな鏡を覗《のぞ》き込むと、牢獄で過ごした間にカサカサになっていた肌は、まるで高級な美容液でも使ったかのように艶やかになっていた。

「怪鳥のコラーゲンって……凄い」

栄養に満ちた食事のおかげで、ミランダは本来の美肌を取り戻しつつあった。

ほっぺを突いたり、摘《つま》んだり。鏡の中の艶々の自分を見つめているうちに、鏡にルシアンが映っているのに気づいた。いつの間にか食堂からロビーにやって来たようで、ミランダは一人で浮かれた姿を見られて慌てて振り返った。

「お、おはようございます！　ルシアン様」

「おはよう、花嫁殿」

ルシアンはにこやかな笑顔でミランダに近づいた。

焼きたてのパンの芳しい香りを纏《まと》って現れたルシアンの黄金色の瞳は、やはり今日も神々しく輝いている。

「ふむ」

ミランダの顔をマジマジと見つめて、ルシアンは頷いた。

「だいぶ顔色が良くなったな。それにしっかり歩けるようになった」

ルシアンがミランダの着地のポーズを真似して両手を広げたので、ミランダは赤面した。

「は、はいっ。ルシアン様の美味しいごはんのおかげです。コラーゲンとか、あの、怪鳥の」

「うむ。お肌が艶々で、一段と可愛い花嫁になったぞ」

「あっ、あ……りがとうございますぅ」

自分を見下ろすルシアンの愉《たの》しげな笑顔に照れて、ミランダは言葉が辿々《たどたど》しくなっていた。

「夜はちゃんと眠れているか？」

「それはもう、ぐっすりと……一昨日も昨晩も気絶したみたいに眠ってしまいました。ずっと不眠だったからでしょうか」

「そうか。それなら良かった」

ルシアンは労わるように、ふと優しい顔になった。その憂《うれ》いのある表情に、ミランダは胸が高鳴った。竜王の顔は端整で凛々《りり》しいだけでなく、時に婉麗《えんれい》な表情や無邪気な可愛さと、いろんな面を持っているようだ。

「朝ごはんも沢山食べるんだぞ？」

浮かれていた。

「は、はいっ」

ルシアンに手を引かれて食堂に付いていくミランダは、平和な朝の時間に幸せを感じて、心が浮かれていた。

午後になって。

アルルはマントを羽織って肩掛け鞄《かばん》を持って、玄関先に立った。

「それじゃあ、行って来ますね」

見送るルシアンの隣で、ミランダは心配顔になる。

「出かけるって……アルル君一人でどこへ？」

「街ですよ。食料を買ったり、ルシアン様のおつかいです」

「一人で街へ⁉　そんなの危ないわ！」

確かに買い出しはアルルの担当だとは言っていたが、いざ小さな子供が一人で出かけるのを見ると、何とも心もとなかった。

アルルが空を見上げると、バサッと大きな羽音がして、上空から大きな青竜が下りて来た。風圧でミランダの髪もスカートも舞い上がる。

「きゃあ⁉」

ミランダは驚いて後ずさり、アルルは元気に竜に飛び乗った。アルルは手綱を持つと、こちらに手を振った。

「お妃様、ルシアン様。夕方には戻りますね」

「ああ、気をつけて。アルルを頼んだぞ、スピカ」

「いってきまーす」

〝竜に乗ったおつかい〟というあまりに目立つ絵にミランダは慌てるが、アルルと竜のスピカは飛び立つ寸前に、忽然《こつぜん》と消えた。

「え⁉」

ミランダは周囲や上空を見渡すが、何もない。

まるで狐に摘まれたようにキョロキョロすると、ルシアンがその様子を見て笑っていた。

「ハハハ、竜族の力に驚いたか。アルルは姿を消すことができるのだ」

「姿を消すって、透明人間⁉」

「しかも、アルルに触れた物は一緒に見えなくなる。竜ごと国境を越えるのも簡単だ」

「し、信じられない……」

得意げに微笑んでいるルシアンと驚いたままのミランダはしばらく見つめあったが、アルルが出かけて今日は城に二人きりなのだと互いに気づいて、同時に緊張し、ぎこちなくなっていた。

「えっと……俺はアルルにご褒美《ほうび》のパイを焼いておこうかな」

「あ、わ、私、お手伝いします！」

「いや、花嫁殿はまだ疲れているはずだ。ゆっくり昼寝でもしてくれ」

「でも……」

ルシアンはキザに手を挙げて、キッチンに行ってしまった。

ミランダは昨晩しっかり眠ったので眠れそうにない。

誰もいない城を見回すと、気になっていることを調べにこっそりと応接間に向かった。

「うわぁ〜。ここも凄い物の数だわ」

本来は優雅なソファがある広々とした応接間だが、やはり他の部屋と同じように美術品やら家具やらが詰め込まれて、物置状態になっている。

ミランダは端からひとつずつ、丁寧に調べた。

巨大な絵画、金色の花瓶《かびん》、木彫りのチェス盤《ばん》、猫脚のチェスト……。

どれも高価で美しい品だが、ミランダには何か違和感があった。ひとつずつ手で触れていくと、時々モヤッとした感触があるのだ。それぞれ綺麗に掃除されているので、汚れが気になるのとはまた違う気持ちの悪さだった。

竜王城に来るまで物に対してこんな気持ちになったことはなかったのだが、異常な量の物に出会ったことで、ミランダの中に不思議な感覚が芽生えていた。

「これ……凄くモヤッとする」

ミランダは中でも特に妙な感覚がある品を手に取った。

それは両手で持てるサイズの、美しい細工のオルゴールだ。

雑多な廊下とロビーを躓かないように歩いて、ミランダはオルゴールを持ったまま、キッチンを覗いた。

広いキッチンでは、長い髪をポニーテールにしたルシアンがエプロンを着けてパイを作っている。鼻歌を歌って楽しそうだ。

「あの……」

「うわ⁉」

ルシアンは驚いて振り返り、慌てて調理器具を置いた。

「は、花嫁殿。これはその、髪が邪魔だからな」

突っ込まれてもないポニーテールについて言い訳している。

ミランダはルシアンの近くまで来て、作っているパイを覗き込んだ。

網目の模様の天井には、パイ生地で作られた小花が飾られていた。

ルシアンの料理は味だけでなく、見た目もいつも凝っている。

「メルヘンチックで可愛いパイですね」

「ふふ。花嫁殿の方が可愛いが……」

素直に言っておきながらルシアンは照れて、同じく照れているミランダが、オルゴールを抱えているのに気づいた。

「その箱はどうしたんだ？　気に入ったのか？」

「あ、違うんです。何て言うか、このオルゴールは何か変だと思って」

「変？」

ルシアンは首を傾げるとオルゴールを取り上げて、いろんな方向から見つめた。

蓋を開けると鳩が回って、音楽が流れる。

ミランダはますますモヤッとするが、ルシアンにはその感覚がわからないらしい。

「オルゴールの内部を分解してみてもいいですか？」

「ああ、勿論かまわないよ」

ミランダの妙な提案にルシアンは意味がわからないまま、テーブルの上でオルゴールをいじるミランダを眺めた。

だが、オルゴールの機械部分は開かなかった。樹脂でしっかりと接着されているようだ。

「変だわ。普通は壊れた時に修理できるよう、開けられるはずなのに」

必死に開けようとするミランダを手伝おうとルシアンが手を伸ばしたが間に合わず、ミランダは手を滑《すべ》らせて、オルゴールをテーブルから落下させてしまった。

ガチャーン！

大きな音が鳴って、オルゴールはバラバラに壊れた。

「きゃあ！　ご、ごめんなさい！」

「大丈夫だ。怪我はないか？」

ルシアンが破片を拾い、ミランダも慌てて拾うが、ミランダは途中で手を止めて、破片の一部を凝視した。

「こ、これは……」

背中がゾゾゾ、と粟立《あわだ》って、顔面が蒼白になる。

そこには、あってはならない物があった。

「呪文の……魔術」

ミランダが呟いて見つめるオルゴールの破片の一部には、細かな文字が刻まれていた。

「呪文？　の魔術？」

ルシアンが言葉をなぞって首を傾げている。

「はい。これは、誰かに呪いを掛けるために使われる呪文です。魔術を使える者は文字を刻んで、対象者に呪いを掛けることができるらしくて……私の祖国では厳しく取り締まられていて、呪文を使用すると罪になるんです」

「ほ〜」

ルシアンは感心して、呪文を指でなぞっている。

「あの、ルシアン様はどこでこのオルゴールを手に入れたのですか？」

「これは多分……ユークレイス王国からの貢ぎ物だな」

「それではもしかして……」

「ああ。俺や竜族を殺すために仕込んで寄越したのだろうな」

ルシアンはフン、と笑う。

「竜族が呪文などで死ぬわけがない。こんな効きやしない物を……」

会話の途中で、ミランダが真っ青になっているのに気づいた。

「ミランダ！　大丈夫か？　具合が悪いか？」

「い、いいえ。ただ、怖くなって。恐らくですが、貢ぎ物には呪文が仕込まれた物が多数あると思います」

「ミランダにはどうしてそれがわかるんだ？　魔術師なのか？」

「いいえ！　私にはそのような力はないのですが……多分、竜族には効かなくても、人間の私には効いているのかも」

その瞬間にルシアンは目を見開いて、ガバッとミランダを抱きしめた。

「何てことだ！　花嫁を呪いに晒《さら》すなんて！」

「ル、ルシア……」

「ダメだ！　こんな華奢《きゃしゃ》な体で呪いなど、俺の花嫁が死んでしまう‼」

ルシアンはパニックに陥《おちい》って、外は猛烈な雨が降り出していた。

同時に、何か巨大な物がいくつも城の周りに降り立つ気配がする。

ズン、ズシン、と地面が揺れる。多分、大量の竜たちが集まっているのだろう。

「落ち着いてください、ルシアン様！」

尋常《じんじょう》ではない状況にミランダは宥《なだ》めようと必死になるが、ルシアンの勢いは止まらない。

ミランダを連れて外に飛び出すと、城の前には様々なサイズの竜たちがずらりと並んでいた。

「ひ、ひぃ⁉」

あまりの迫力に腰が抜けるミランダを、ルシアンは白い竜のもとに運び、預けた。

「アリエス！　花嫁をここでお守りしろ！」

「クエーッ！」

白い竜は大きな翼でミランダを囲うように守り、ルシアンは竜たちを連れて竜王城に戻って行った。

「ルシアン様？　いったい何を⁉」

ミランダが竜の翼の間から城を覗くと、何やら中でガタン、バタン、と大騒ぎしている。

しばらくすると一頭、二頭と竜たちが城から飛び出し、その手や口は沢山の荷物を抱えていた。

「だ、断捨離《だんしゃり》してる⁉」

ミランダはダイナミックな断捨離に度肝を抜かれた。

城に近づこうとしたが白竜アリエスはそれを許さず、翼で遮《さえぎ》られた。走りかけたミランダは顔を思いきりぶつけたが、アリエスは羊のように柔らかな毛に覆《おお》われた竜なので、モフン、とバウンドする。

「アリエスさん。お願い、ここから出して。竜王様のところに行きたいの」

ミランダを見下ろすアリエスの瞳は長いまつ毛でゆっくり瞬《まばた》き、穏やかに煌めいている。まるで貴婦人のような優雅さだ。

「アリエスさん、お願いだから……」

何度も囲われた翼から出ようとトライするが、モフン、と押し返されるばかりで、しまいには小脇に抱えられて、まるで綿の中に埋まるように包まれてしまった。高級布団のような心地よさの中でもがいているうちに、数時間がたっていた。


「な、何やってるんですか？」

聞き覚えのある声が聞こえて顔を上げると、アルルが唖然とした顔でアリエスに包まれたミランダを見下ろしていた。買い物から帰って来たようで、食材を沢山持っている。

「アルル君！　ルシアン様が断捨離を！」

「断捨離⁉」

アルルがアリエスの翼に手を置くと、ミランダはようやく解放された。

急いで立ち上がって城に駆けつけると、夕陽に染まった竜王城は中身をがらんどうにしていた。

あれだけあった美術品や家具、豪華な品々がさっぱりと消え去り、城はただ広くなっていた。

「そ、そんな……全部捨てるなんて」

ミランダはショックを受けてロビーでへたり込み、アルルも口を開けたまま立ち尽くした。

城内の奥から、埃《ほこり》まみれのルシアンが現れた。

「ミランダ、もう大丈夫だ！　貢ぎ物はすべて、もとの国に突き返してやったぞ！」

「つ、突き返した？」

「ああ。各国の王城に置いてくるよう竜に運ばせた」

大胆すぎる断捨離にミランダは呆然とするしかなかった。

「私がおかしな物を見つけたせいで……呪文が書かれてない物もあったのに……」

ルシアンはフン、と傲慢に笑った。

「俺に呪いを送るような奴らからの施しなど、いらん」

ミランダのもとに来ると、手を添えて立たせた。

「それに、俺の大切な花嫁を傷つける物がこの城にあるなんて、俺は一切許さない」

ルシアンの金色の瞳は真剣で、ミランダはギュッと胸が締め付けられていた。


裕福な侯爵家で育ったミランダは、それはそれは大切に育てられた。

乳母《うば》や家庭教師、使用人。沢山の人の手を借りて。だが両親でさえ、こんなにも自分を大切に思ってくれただろうか。

聖女フィーナに冤罪を着せられて、たちまち離れていった人たちを思う。

父も母も、自分を見捨てたのだ。


「ミランダ、ミランダ？　もう呪いはない。大丈夫だ」

ルシアンを見つめたまま涙を流しているミランダを、ルシアンは心配して肩を摩っている。

「ルシアン様」

ミランダは初めて自分からルシアンの胸に体を寄せて、ルシアンは衝撃と感激で固まった。

銅像のように動かない二人の横で、アルルは溜息を吐いた。

「も～、竜王様は極端《きょくたん》なんですから」

◇◇◇

断捨離で大量の貢ぎ物がなくなった竜王城は広々として、まったく別の建物に生まれ変わったようだった。

今まで見えなかった床やカーブした階段の形や、壁の豪華な模様、本来あった家具が現れて、途端に重厚なデザインで統一されたゴシック調の竜王城になった。

「ふ～、だいぶ綺麗になりましたね」

アルルは箒《ほうき》やハタキを手に、汗を拭《ぬぐ》った。

ルシアンとミランダの三人は協力して、それぞれの部屋の大掃除を済ませた。ミランダは豪快に掃除を進めるルシアンとアルルの後を付いて廻《まわ》っただけの気がするが、一緒に埃まみれになっていた。

「ああ、花嫁殿が汚れてしまったではないか」

残念そうにミランダの埃を払うルシアンは独り言を続けた。

「これはゆだな……」

「ゆ？」

ミランダがキョトンとすると、アルルがこちらを見上げた。

「ゆ、ですね！　そうしましょう！」

「ゆって、いったい何？」

ミランダの謎は置いてけぼりのまま、ルシアンとアルルは準備に奔走した。


数分後。ミランダはあの青い竜、スピカの背中に乗っていた。

「あ、あ、きゃあぁ……」

スピカはたった数メートル浮かんで低空をゆっくりと飛んでいるだけだが、竜の背中に乗り慣れないミランダは、乗るたびに驚いてしまう。

「う、浮いてる！　浮いてる！」

当たり前の状況を解説するミランダを、前に座っているアルルは笑っている。

「大丈夫ですよ。ゆっくり移動するだけですから」

スピカはアルルに従って、地面の上をゆっくりと進んでいく。

夕と夜の狭間《はざま》の森の、風に揺れる木々の景色が流れて、霧雨に包まれた竜王城が小さくなっていく。どこまでも深い森はだんだんと岩の壁や石ころの地面を見せて、景色を変えていった。

「あ！　あれは、何？」

ほどなくして、スピカは岩場にゆっくり舞い降りた。

ミランダはアルルに補助されてスピカの背中から降りると、目前にある異質な物に釘付けとなった。

「到着しましたよ」

「これが……ゆ？」

「はい。ゆです」

険しい岩場の中には円形の泉があり、その泉は不思議なことに、もうもうと湯気を立てていた。

「ゆって……お湯。お風呂のこと？」

ミランダが恐る恐る湯気の立つ泉に近づくと、それは確かに大きな天然のお風呂のようだった。

「はい。温泉とも言いますね。この岩場の地底には火竜の寝床《ねどこ》があって、地底から湧くこの泉は、常に温められているのです」

「火竜の寝床の温泉……」

ミランダは天然の温泉を見るのは初めてで、自然の中にお風呂がある景色が信じられなかった。

ミランダにとってお風呂といえば、室内にある猫脚の小さなバスタブであり、沸かした湯はすぐに冷めてしまうものだが、この泉はずっと温かいのだから凄いことだ。

「はい。お妃様。ごゆっくり湯に浸かってくださいね」

アルルに突然、タオルや石鹸《せっけん》やガウンが入った籠を渡されて、ミランダは慌てた。

「え⁉　私一人で⁉」

「当たり前ですよ。僕が一緒に入ったら、竜王様にぶっ飛ばされます」

「そ、それは……そうかしら」

「そうですよ」

籠を受け取ったまま戸惑っているミランダに、アルルは湯に手を入れて見せた。

「うん。丁度いい温度ですよ。ほら、大丈夫ですから」

「え、ええ。ありがとう。でも、アルル君とルシアン様は？」

「僕たちはお妃様が入浴されてから、後ほど入ります」

アルルはスピカを湯の側に置いて、後ろに下がった。

「見張り役にスピカをここに置いておきますね。僕は向こうにいるので、何かあったら呼んでください」

「わかったわ」

大きな岩の陰とはいえ、外で裸になるのは勇気がいって、ミランダは服を脱ぐのに時間がかかった。澄んだ瞳でこちらを見ているスピカと、離れた場所で岩に座って後ろを向いているアルルをもう一度確かめて、ミランダは思い切って服を脱いだ。

春とはいえ夜に差し掛かった森には冷たい風が時折吹いて、思わず身体を縮める。湯の脇に置いてある桶《おけ》で湯をすくって、冷えかけた身体にそっと掛けてみた。

「あっ……！」

湯は温かく柔らかく、ミランダの身体を解した。大量の湯気とともに湯は汚れだけでなく、疲れも流してくれるようだった。

髪を纏《まと》めて身体を洗って、ミランダは恐れずに湯に浸かった。

「あ……ああ～……」

蕩けてしまう。

そう。あのクリームスープの怪鳥のように。

ミランダは口を開けたまま手脚を伸ばして、しばし絶句した。猫脚の小さなバスタブとは桁《ケタ》が違う快感が押し寄せていた。

そっと目を開けると、一面に夜空が広がっている。風と湧き出る湯の音だけが聞こえて、ミランダは心も身体も癒《いや》されていた。

「なんて気持ちいいの……」

独り言を呟いて横を見上げると、スピカも真っ直ぐに空を見上げていた。神秘的な金色の瞳がルシアンと同じ色をしていて、ミランダは頬を染めた。

「あなたはきっと女の子ね。青い鱗《うろこ》も、金の瞳もとても綺麗だもの」

「クゥ……」

スピカが目を細めてこちらを向いてくれたので、ミランダは自分の言葉が理解されている気がして嬉しくなった。まるで女の子同士の会話のように、ミランダは誰にも言えない気持ちを言葉にしてみた。

「ねぇスピカちゃん……竜王様は素敵な方ね」

「クゥン」

「竜王様は頼もしくて大胆で……それに優しくて誠実で。素直なところも素敵だと思うの」

「クゥ」

「スピカちゃんもそう思う？」

「ク〜」

「私、竜王様の前だと照れてしまって言葉が変になったり、赤くなったり……恥ずかしい感情がいっぱい出てしまう。こんなことって、今までなかったのよ？」

ミランダは幼い頃から社交の場で感情を顕《あらわ》にしないよう教育を受けてきたので、こんなにも感情が表れてしまう自分に動揺していた。

「はぁ……胸がドキドキするのはね。ルシアン様が人間離れして神々しいからよ。あんな素敵な方を前にしたら、誰だってきっとこんな気持ちになるわ」

ミランダは湯でのぼせているのか、自分の気持ちでのぼせているのかわからなくなって、饒舌《じょうぜつ》に喋る自分の顔にお湯を掛けて誤魔化《ごまか》した。


アルルに連れられて竜王城に戻る頃には、ミランダはすっかりのぼせあがっていた。

「長湯してごめんなさい」

ミランダは蕩けて恍惚《こうこつ》としたまま頭を下げて、玄関で迎えたルシアンはその顔を笑っている。

「好きなだけ入っていいぞ。湯は最高だろう？」

「はい……もう最高だったので……つい」

ミランダは湯の解放感から竜王への気持ちを散々スピカに吐露《とろ》したので、恥ずかしくてルシアンの顔をまともに見られなかった。

「さあ、湯冷めしないうちに中へお入り」

ミランダはルシアンに連れられて客室に戻り、広々とした部屋のベッドに座った。

「俺とアルルが湯に行ってる間、ここで休んでいてくれ」

「はい……休みます」

オウム返しをするミランダを置いて、ルシアンとアルルはスピカに乗って湯に向かった。


ミランダがベッドのサイドテーブルを見ると、お盆の上には果物や水が用意されていた。湯にのぼせて帰って来る自分のために、ルシアンが用意してくれたのだろうか。

ミランダは水を飲み、葡萄《ぶどう》をひとつ口に含んだ。冷たい果汁で火照《ほて》った身体が澄んでいくようだ。

竜王城に来てから目まぐるしい出来事でいっぱいなのに、ミランダの頭に浮かぶのはルシアンのことばかりだった。

「私……ルシアン様のこと……」

改めて真面目に口に出そうとすると、ますます頬が熱くなった。

しばらくの後、ミランダはネグリジェの上にストールを羽織って、ルシアンとアルルが湯から戻っているか確認しに、階下に下りて応接間を覗いてみた。

雑多な物がなくなってスッキリした応接間には、ソファとテーブルなど最低限の家具だけがある。

やはり二人は湯から戻っていて、何やら顔を突き合わせて真剣な会話をしていた。

「あの……」

ミランダが来たのに気づいて、アルルはテーブルの上にあった紙をそっと隠した。

何か秘密の話でもしていたのか、取り繕って立ち上がった。

「お妃様。僕、お茶を淹れて来ますね！」

「アルル君、ありがとう」

ミランダがソファに座ると、対面のルシアンは湯上がりのリラックスした様子で、ラフなシャツを着ている。キッチリとした貴公子風の服も似合うが、シンプルなシャツは別の色気を感じてミランダはドキドキしていた。

「ミランダ。耳を澄ましてごらん」

「え？」

目を瞑ってみると、城の外から、リィ、リィ、と虫の鳴き声が聞こえた。

「あ……夜虫の声。心地よいです」

「雨がやんで、城の近くに来たんだろうな」

ミランダは言われて、城の外がスッキリと晴れていることに気づいた。

さっきはのぼせていて気づけなかったが、大きな窓から見事な満月も見える。

「あれ？　雨が完全にやんでますね」

「ああ。俺は天候を操る能力を持っているのに、この数年、何故か城に降り続ける雨を止めることができなかったんだ」

ルシアンは苦笑いして、ソファに寄り掛かった。

「貢ぎ物に仕込まれた呪文など竜族には効かないと俺は言ったが……多少は影響があったのだろう。能力のコントロールを狂わされていたようだ」

「まあ。そうだったんですね」

「花嫁殿がこの城に来て久しぶりに雨が弱まり、貢ぎ物の呪文を捨てたら、完全に雲が晴れた。ミランダは晴れ女だ」

「うふふ。そうでしょうか」

断捨離で高価な物を大量になくして、ルシアンが悲しんでいないかミランダは心配していたが、憑物《つきもの》が落ちたようにスッキリした様子だ。

だが、ルシアンが続けて口にしたのは相反した言葉だった。

「俺は愚《おろ》かだな」

「え？」

「貢がれた物には、俺への愛があると思っていた」

ミランダは言葉を失った。

あれだけの物を抱え込んでいた理由は、あまりにも悲しい勘違いだった。

ルシアンはフン、と強がって笑う。

「俺はもともと、ユークレイス王国に捨てられた子供だった。異形《いけい》の子が生まれると、この森に捨てる習慣がある。遥か昔に竜族と共存していたあの国では、たまに先祖返りが起こるのだ」

ルシアンは自分の角を指している。

ミランダは初めて会った時にアルルが「一番新しい捨て子です」と言っていたのを思い出した。

「代々この城には捨てられた先祖返りの竜族が暮らし、新しく捨てられる子供を育てた。そんな捨て子の城に、ユークレイス王国は罪滅ぼしでもするように、豪華な品を貢ぎ続けたわけだが……本当は捨てたことさえ後悔していたのだ。生まれてすぐに殺しておけばと」

ミランダは思わず立ち上がってルシアンの隣に座り、手の上に指を重ねた。

「違います。貴方をこのお城に預けた人は貴方に生きてほしかったのです。呪文を送ったのは、貴方の力を恐れた別の者です」

ルシアンは黙って、じっとミランダを見つめている。

ミランダは勇気をもって、素直な気持ちを言葉にした。

「私はルシアン様に生きてほしい。私の愛は……ここにありますから」

赤面して自分の胸を押さえるミランダに、ルシアンは一瞬、子供のような潤《うる》んだ顔を見せたが、すぐにクールな微笑みで隠した。

「俺の花嫁。俺だけの薔薇だ。ミランダ」

大きな満月の下でルシアンはミランダを抱き寄せて、薔薇色の髪にキスをした。

閑話　湯の中の竜族

湯上がりのミランダを竜王城に届けた後、ルシアンとアルルはスピカに乗って湯に来た。

満月が輝く夜空の下で、ルシアンは恍惚とした顔でアルルの頭を泡立てている。

先ほど玄関先で見た、湯上がりのミランダの蕩けた顔を回想していた。

「はぁ～、のぼせちゃって可愛かったな……」

「ちょっとルシアン様、いつまで泡立てる気ですか？」

竜王の心ここに在らずのまま、アルルの頭の泡は大きくなっていた。

「あ、スマン。惚けてた」

「も～、のぼせてるのはルシアン様じゃないですか」

アルルは桶の湯で自分の頭を流しながら呆れている。

「だいたい、僕は自分で頭を洗えますって何度も言ってるのに」

「頭に手が届くのか？」

「届きますよ！　赤ちゃんじゃないんだから！」

アルルはプンプンと怒りながらルシアンの後ろに回って、逞《たくま》しい背中を洗い始めた。ルシアンは星空を見上げて溜息を吐いている。

「俺の花嫁は美味しそうにごはんを食べる顔が可愛いし、一生懸命お手伝いしようとする姿も可愛いし、鏡を見てほっぺを摘んでるのも可愛くてな……可愛いが星の数ほどあるぞ」

指折り数えながらミランダを褒め称えるルシアンを、アルルはまじまじと見上げた。

「引きこもりで人間不信の竜王様が、女性に一目惚れしてお城に連れ込むなんて、僕はビックリしました」

アルルの素直な感想に、ルシアンは咳き込んだ。

「つ、連れ込むなどと人聞きの悪いことを言うな。一目惚れは確かだが、ミランダには我々と同じ匂いを感じたんだ」

「我々って、竜族と同じ？」

「ミランダは人間だが、俺たちと同じように住んでいた世界から追放された。家も家族も失ったのだ」

アルルは寂しげに頷いて、ルシアンの背中に桶で湯をかけた。

ルシアンはミランダを窮地に追いやったベリル王国に苛立っていた。

「ベリルの王太子め……あんなに可愛い花嫁を手放すとはアホなのか？」

「まあ、騙《だま》されてるんでしょうね。王太子どころか王族も王城の関係者も、隅々《すみずみ》まで洗脳が行き届いているみたいですから」

「あのフィーナという予言者か」

「ええ。ベリル王国の上層の人々の間では既に、聖女フィーナを中心に王政も派閥《はばつ》も動いているようです。フィーナに何とか肖《あやか》ろうと必死ですね」

「それだけ予知能力への信頼と依存が強いのだな」

「だって、聖女の一言でお妃様のように立場のある方も簡単に抹殺されてしまうのですから、誰だって敵に回したくないですすよ。上手く利用できれば、不吉とか穢《けが》れとかいう曖昧な理由付けで邪魔者を排除できますし」

「ふむ……平民が奇跡の能力者として成り上がり、王太子の婚約者の立ち位置を乗っ取るとは、筋書きができすぎているんだがな。そもそも歴史的に見ても、人間がそんなに精度の高い予知能力を持つなんてなかっただろうに。カラクリがあるに決まっている」

「奇跡だからこそ惹かれるんですよ。信仰心が強ければ余計に」

ルシアンとアルルは並んで湯に浸かり、同時に息を吐いた。

「「はぁ～……」」


しばらく無言の後、ルシアンは眉を顰《ひそ》めてアルルを見下ろした。

「アルルよ。随分《ずいぶん》と情報通になっているが、今日はどこまで潜入《せんにゅう》したんだ？」

「ベリルの王城です。廊下や茶会の噂話だけでも、かなりの情報がありました」

「いきなり王城に潜伏《せんぷく》するとは大胆だな。俺は町の様子を探れと言ったはずだが」

アルルは飄々《ひょうひょう》とした顔でルシアンを見上げた。

「町ではたいした情報がなかったですもん。それに僕は竜王様の優秀な配下ですよ？　透明の能力を見破られたことなんて、今まで一度もないですから」

「だからと言って無茶をするな。俺の大事な配下なのだから」

「いざとなったら、竜王様が助けに来てくれるでしょ？」

「まあな。お前に何かあったら、まずスピカが暴れるだろうが」

スピカは自分の話をしているとわかって、首を伸ばして「クゥ」と鳴いた。アルルはスピカの頭を撫でて続けた。

「聖女フィーナはボランティアと称して町に出ることが多いようなので、次はフィーナを尾行《びこう》して情報を集めます」

「うむ」

二人が見上げる星空に突然、にゅーん、と大きな竜の頭が視界に入った。

「あ。スコーピオ。呼んでないのに来ましたね」

「こやつは俺が大好きだからな」

スコーピオは首を下ろしてペロペロと湯を舐《な》めて、ついでに竜王の頬も舐めた。

さらに後ろの茂みからガサガサと音がして、二頭、三頭と竜が集まって来た。

「竜王様が湯に入ってると、必ず竜たちが集まりますね」

「ふふ……俺の裸が見たいのかな」

「来るのは雄《オス》ばかりですが……」

アルルは湯から上がり、スピカがタオルを咥《くわ》えて渡してくれる。

「それにしてもルシアン様。お妃様の体調が回復されて良かったですね。最初は倒れてしまってどうなるかと思いましたが」

「ああ。身体の方はだいぶ良くなったが……まだもう一方が心配だ」

「もう一方って？」

ルシアンはアルルを振り返って、親指で自分の胸を指した。

「心の方だ。身体は睡眠と栄養で回復できるが、心の傷は後から痛むからな。ミランダは新しい生活に対応するのに精一杯で、まだ自身の心の傷と向き合っていないだろう」

「そっか……あれだけ衰弱してたのだから、きっと怖い目に遭《あ》いましたよね。いきなり牢獄に閉じ込められて、ごはんも食べられずに……お可哀想に」

ルシアンはアルルの言葉を聞いて、金色の瞳をメラメラと光らせた。

その瞬間に、ドザ――ッと二人の頭上に豪雨が降り注いだ。

「わっ!? ルシアン様、入浴中に雨はやめてください！」

「ああ、スマン。想像したらムカついてしまった」

「も～、せっかく身体を拭いたのにビショビショですよ」

アルルが湯に入り直す間に、ルシアンは必死に雨を止めようと集中している。

「クソ……俺の花嫁を酷い目に遭わせやがって。ベリルのアホどもを○○して×××にしてくれる……」

恨みの篭った目で酷い呪詛《じゅそ》を吐き、雷雲まで鳴らす竜王にアルルは肩を竦めた。

「可愛い花嫁様は竜王様にとって、最大の逆鱗《げきりん》になっちゃいましたね……」

第五章✦悪夢を喰らうもの

断捨離を終えた竜王城の頭上には、数年ぶりに完璧な晴天が広がった。

温かな日差しに照らされて、城も晴れやかな顔で佇《たたず》んでいるように見える。庭では人も竜も、のんびりと日向《ひなた》ぼっこをしていた。


「それ、それ、そーれ」

右、左、上空へと、ミランダは野菜の皮を投げた。

緑竜のタウラスはそれを追いかけて、器用にパクッと、宙で捕らえる。

まるで小鳥に餌をあげるように……実際には地響きがするほど大きな竜だが、ミランダはタウラスと戯《たわむ》れる午後を楽しんでいた。

「うふふ。いい子、いい子ね」

頭を撫でるとタウラスは気持ち良さそうに、うっとりと目を細めている。

「お妃様。竜を触れるようになりましたね」

近くで青竜スピカの身体を拭いていたアルルは感心している。

「スピカちゃんも、はい」

ミランダはスピカの下《もと》へ野菜の皮を投げたが、スピカは澄まし顔でそっぽを向いた。

「あら？」

「スピカは野菜の皮が好きじゃないです。新鮮な果物と身体を拭かれるのが好きですね」

「竜によって好き嫌いや個性があるのね。私、もっと竜のことが知りたいわ」

昨晩、勇気を出してルシアンに自分の気持ちを打ち明けたミランダは、より一層、竜王の花嫁として気合が入っていた。が、今できることといえば、野菜の皮を投げるだけ……。意気込みは空回りしていた。

惚けて立っていると、ツン、とタウラスがミランダのお尻を突っついた。野菜の皮を催促《さいそく》している らしい。

「ふふ、こっち、こっちよ」

竜王城の周りをぐるりと周るミランダにタウラスは付いてくる。

「そーれ、あっ？」

ミランダが投げようとした野菜の皮は、城の裏側にある、地下に続く階段の下に落ちた。

「あらら。ちょっと待っててね」

狭い通路をタウラスが通れないので、ミランダは階段を下りて野菜の皮を取りに行った。


ひやり。

ミランダは地下へ続く暗い階段を下りるうちに、酷く冷たい空気を感じた。地下へ下りるほどにそれは強くなって、春なのにまるで厳冬期《げんとうき》のような冷気がミランダの身体を登ってくる。

「え？　これって……何？」

階段の終わりには扉があるが、その扉からは冷気の白い煙がうっすらと漏れているようだった。

しかも、扉の向こうからは僅かに誰かの声が聞こえる。

「キュウ……」

ミランダがその声に耳を澄まそうと、扉に顔を近づけたその時。

急に肩を掴《つか》まれた。

「きゃあ!?」

驚いて振り返ると、逆光の中にルシアンが間近に立っていた。影の中で光る金色の瞳がこちらを見下ろしている。

「見つけてしまったみたいだな」

「え……えぇ？」

「花嫁殿には隠していたんだが……」

ミランダは不穏《ふおん》な空気を感じて身体を竦めた。

「この冷たい扉の向こうで声がしました。もしかして、誰かが閉じ込められているのですか？」

「いや……泥棒がいる」

「泥棒!?」

ルシアンが扉に手を掛けると、鍵の掛かっていない扉はギィ、と音を立てて開いた。

ブワッ、と中から一気に冷気が溢れ出て、辺りは煙で真っ白になった。

「ひっ……寒い！」

震えるミランダの肩はマントに覆われた。ルシアンが自分が着ていたマントを脱いで、被《かぶ》せてくれていた。

「花嫁が凍ってしまう」

「あ、ありがとうございます。あったかい……」

マントを抱きしめると、ルシアンの温度と香りに包まれてミランダは安心した。扉の中へ入るルシアンに続いて、暗い室内を進んで行く。

極寒の地下室は広く、中には大量の樽や木箱が置かれている。さらには天井から吊り下げられた様々な肉。真四角に形成された巨大な氷の塊も山のように積んであった。

「この部屋は……」

「冷凍庫だ」

「冷凍庫!?」

「キュ～」

ミランダの驚きにルシアンではない者が返事をして、ミランダは飛び上がってルシアンにしがみついた。

冷凍庫の奥に、二つの青い光が見える。

それはこちらに向かってだんだん大きくなって、姿を現した。

「水色の……竜」

「氷竜《ひょうりゅう》ポラリスだ。氷の息吹《いぶき》で何でも凍らせるんだが、冷凍庫に忍び込んで盗み食いする悪癖《あくへき》があってな」

「泥棒って、竜の盗み食いのことだったのね」

「キュ～」

ポラリスはルシアンに頭を擦り付けて、ルシアンはあっという間に氷の結晶にまみれた。

「花嫁を凍らせるんじゃないぞ？　わかったな？」

「キュ」

まるで氷のような水色の目で、ポラリスはミランダを見つめている。

「は、はじめまして。ポラリスさん」

ぎこちなく挨拶をするミランダの肩を抱いて、ルシアンは出口に向かった。

「外に戻るぞ。花嫁が風邪をひいてしまう」

地上へ出ると急激に温かい空気に触れて、ルシアンとミランダの髪に付いた結晶も溶けていった。

「何故、冷凍庫を内緒にしていたんですか？」

ルシアンは返事の代わりに、ルビーのように輝く丸い粒をミランダに見せた。

「あーん」

ルシアンが口元にそれを持って来たので、ミランダは釣られて口を開けた。

「あーん？　……!?」

口の中に放り込まれたそれは、冷たい氷……、いや、甘い。凍った木苺だ。

シュワッ、と口内で温度を上げて、甘酸っぱい果汁が口いっぱいに満たされた。

シャリ、シャリ。

半溶した果実を咀嚼する感覚に、ミランダは目を見開いて輝かせた。その顔を見てルシアンが笑っている。

「フルーツシャーベットだ。弱った身体で沢山食べるとお腹を壊すから、花嫁殿にはまだ秘密にしていた」

確かに、美味しくていっぱい食べてしまいそうだ。暖かな春にこんなに冷えた物を食べるなんて、初めての経験だった。

もう一つの木苺を自分の口に含むルシアンにミランダはボーッと見惚れて、慌てて借りていたマントを外して返した。

「あの、今日もお出かけなさるのですか？」

「ああ。山岳地帯の竜たちに会ってくる。気性の荒い奴らが棲んでいて、たまに様子を見に行かないと喧嘩《ケンカ》を始めるのだ」

「まあ。喧嘩の仲裁も竜王様のお仕事なんですね」

「うむ。統制《とうせい》する者がいないと、竜はどんどん野生化して凶暴になっていく。周辺国を襲い出したら大変だからな」

「竜王様は竜と人間の世界の境界線を守る、大切なお仕事をなさっているのですね」

ミランダが尊敬の眼差しでルシアンを見つめていると、ルシアンの頭上の空に赤い竜が飛んでくるのが見えた。

「あ。あの竜は……スコーピオ」

ミランダが生贄の祭壇で初めて出会った、南瓜が好物の赤い竜だ。

ブワッと風を起こして着陸すると、ルシアンの肩に頭をもたれ掛けた。

「よ～しよし。花嫁に名前を覚えてもらって良かったな、スコーピオ」

ルシアンはスコーピオの顎を撫で、軽々と背中に飛び乗ったので、ミランダは慌てて駆け寄った。

「あ、わ、私も連れて行ってください！　竜王様をお手伝いします！」

ルシアンは驚いて振り返り、微笑ましくミランダを見下ろした。

「山岳地帯は強風が吹いて危ないからダメだぞ。花嫁が崖下に落ちたら大変だ」

「が、崖下……」

「クッキーを用意してあるから、城でゆっくりお茶でもしていてくれ」

ルシアンはスコーピオとともに飛び立って、あっという間に山岳の方に飛んで行ってしまった。

強風や崖と言われて怖気付いたミランダはいつまでも空を見上げていたが、後ろからツン、とお尻を突かれた。振り返ると、タウラスが首を傾げている。

「タウラス。私にできるのは、野菜の皮を投げるだけみたい」

「クー？」

◇◇◇

一人で紅茶とクッキーをいただいて、ミランダは客室に戻った。

貢ぎ物がなくなって広くなった部屋には、代わりにミランダのための服や日用品が増えて、完全に女の子の部屋になっていた。

明るい窓に近づいて外を見下ろすと、竜王城の玄関先には二頭の大きな竜が城を守るように鎮座《ちんざ》している。ルシアンが留守の間、こうして城を守ってくれているようだ。

「アルル君も買い物に行っちゃったし、タウラスもお腹いっぱいになっちゃったし……お部屋の片付けでもしましょう」

ミランダは洗濯をして乾いた服をクローゼットに掛けながら、途中で白い服を手にして時を止めた。生贄として牢獄から出荷された時に着せられていた、簡素なドレスだ。汚れが落ちて綺麗になったそれを見ているうちに、ミランダは忘れていた現実を思い出した。

「私、数日前は生贄だったのね……なんだか嘘みたい」

竜王城に来てからルシアンとアルルに、そして竜たちにも優しく受け入れてもらえて、自分が処刑を宣告された囚人だったとは信じられなかった。

「あれからベリル王国の人たちはどうなったのかしら……」

　ジョゼフ王太子と聖女フィーナの顔が浮かぶ。それに自分の家族になるはずだった王族たちや、生家である侯爵家の家族……処刑された自分のことなど忘れて、みんな平和な日常に戻っているのだろうか。

　ミランダは急に悲しい気持ちになって、生贄のドレスを握りしめた。

　続けて嫌な場面の記憶が浮かんでくる。

　理不尽に断罪された舞踏会のこと。過酷な牢獄での日々……。

　束の間のひとりぼっちにあの孤独感が蘇り、ミランダは胸が苦しくなっていた。ポロポロと涙が溢《こぼ》れて、自分が泣いていることに気づいて驚いた。

「いやだ……思い出しただけで涙が出るなんて」

　ベッドに座って呼吸を整えるが、涙は止まらなかった。そのまま仰向けになって、両手で目を塞いだ。

「考えてはダメ……もうすぎたことなんだから」

　次々浮かぶ記憶に蓋をするように自分を説得しているうちに、ミランダの意識は遠のいていった。

　そして次に目を開けた時には、石造りの暗い天井が見えていた。

「え？」

薄暗く湿気た、カビ臭い、石で囲まれた部屋。寂れたベッドと薄汚れたシーツ。

ミランダは蒼白《そうはく》になって身を起こした。

見回すとここは、忌々《いまいま》しい牢獄の中だった。

「う、嘘……」

囚人としてジョゼフ王太子を待つ長い時間の中で、自分は幻想を見ていたのだろうか。どっちが夢で、どっちが現実なのかわからなくなっていた。

鉄格子の向こうから硬く響く足音が聞こえて、ミランダは身を竦めた。

あれは兵士たちの足音だ。処刑を宣告しにやって来たのだ。

「そんな……嫌……私は何もしていない！　全部、聖女フィーナが仕組んだことなのに……！誰か、誰か助けて！」


空を掴《つか》むように手を差し伸べた瞬間に、ミランダは目を覚ました。

ふかふかのベッドの上で、夕陽色に染まった高い天井を見上げている。

恐る恐る周りを見回すと、ここは広々とした竜王城の客室だった。

「ゆ、夢……？」

心臓がバクバクと早鐘を打っている。汗をびっしょりとかいて、涙まみれになっていた。

「なんてリアルな夢……私、竜王城が幻だったんじゃないかと……」

夢だったとわかっているのに、ショックで涙が止まらなくなっていた。本当は牢獄が現実なのではと疑うくらいリアルな夢は、あの最悪な時間にミランダを引き戻した。

しばらく震える手で顔を覆っていたが、いてもたってもいられずに、ミランダは部屋を飛び出した。

階段を駆け下りてすぐに、一番下にアルルを見つけた。階段に腰掛けて、何やら集中して小さなノートに文字を書いている。

「アルル君！」

「わあ⁉」

突然に後ろから抱きしめたので、アルルは飛び上がった。

「お、お妃様⁉　どうしました⁉」

アルルは慌ててノートを閉じて、ポケットにしまった。何かを隠した様子だったが、ミランダにはそれを気に留《と》める余裕はなかった。

「アルル君、現実だったのね。良かった……」

「な、何のことです？」

震えているミランダの腕にアルルは心配して触れた。あからさまに泣いた跡の顔を振り返って、アルルは不安げに眉を下げた。

「あの……怖い夢でも見ました？」

図星を当てられて我に返ったミランダは「えへへ」と笑って離れた。

心配顔で自分を見上げている幼いアルルに、夢の話をするのが恥ずかしくなっていた。

「あのね……野菜の皮を投げる以外で私にできること、あるかしら？　お手伝いをしたいの」

「あ……じゃあ、一緒に野菜を洗いましょうか。夕食の準備をするので」

「それなら私でもできるわ！」

　キッチンで他愛ない話をしながらアルルと一緒に野菜を洗い、ミランダは明るく振る舞える自分に安堵した。竜族に沢山お世話になっている自分が、これ以上落ち込んで迷惑をかけられないと考えていた。

（悪夢を見て泣いただなんて、ルシアン様にも悟られないようにしないと）

　夕食の下準備が終わる頃にルシアンが帰ってきて、玄関に向かったミランダは満開の笑顔でお迎えした。

「ルシアン様、おかえりなさい！」

「ただいま」

　ルシアンはミランダに歩み寄ると、笑顔で見上げるミランダをじっと見つめてきた。ミランダは涙の跡がバレるのではないかと緊張する。

「花嫁よ。何も変わりなかったか？」

「はい！　アルル君と一緒に野菜を洗いました！」

「ふむ。偉いな」

「うふふっ」

優しく自分の肩に触れて隣を歩くルシアンに照れながら、ミランダは二人のおかげで孤独感が癒されているのを実感した。

楽しい夕食の時間をすごして、元気に片付けを手伝って……。

就寝の時間はあっという間にやってきた。

「おやすみなさい」

ルシアンとアルルに穏やかに挨拶をして、ミランダは客室に戻った。

扉を閉めて一人になると、深呼吸をした。

「大丈夫。もう寂しくないし、ごはんは美味しいし。私、元気になったわ」

自分に言い聞かせながら灯りを消してベッドに入ると、やかましい音が聞こえる。

ドッ、ドッ、と荒ぶる自分の鼓動の音だ。

しんとした暗闇の中で、またじわりと心が揺れていた。

「あの悪夢のせいで、恐怖心が蘇《よみがえ》ってしまったのね」

昼寝で見た悪夢を思い出し、眠るのが怖くなっていた。

起きたまま何度も寝返りをうって、無意識にまた祖国に想いを巡《めぐ》らせている。

何故、自分があんな惨《みじ》めな目に遭わなければいけなかったのだろう？

ジョゼフ王太子は自分が犯した過《あやま》ちに、ずっと気づかないのだろうか？

あんな偽物の予言に従うベリル王国は、これからどうなってしまうのだろう？


嫌な想像を浮かべては消してを繰り返すうちに、ミランダはやっと眠りについた。

だが、眠りの先はあの、断罪の舞踏会だった。


扇子で顔を隠した貴婦人たちが自分を指し、嘲笑《あざわら》い、軽蔑《けいべつ》している。

自分は無実のはずなのに、ドレスはあの小瓶の中の毒物で穢れていた。

「侯爵令嬢ミランダ。貴方がその毒を盛って、王族を殺したのですよ」

ジョゼフ王太子と聖女フィーナは寄り添《そ》って笑っている。

「ち、違う、私は毒なんて知りません！　私じゃない！」

「嘘を吐くな！　お前の目の色は怪しい！　フィーナはすべてを見たのだ！」

「何故……何故、私の話を聞いてくれないのですか!?　貴方が婚約者である私の話を聞いてくれないから、私は……私はあんな酷い目に……！」


「ミランダ、ミランダ！」

ミランダは自分を呼ぶ声がジョゼフ王太子ではないと気づいて、目を覚ました。

ベッドの上で、またびっしょりと汗をかいて泣いていた。

その頬に温かい手が触れていて、ミランダは暗がりの中でルシアンが近くにいるとわかった。

ベッドサイドに小さな灯りが置かれて、ルシアンの夜空色の髪を照らしている。

「……ルシアン様？」

「廊下を通ったら、うなされている声が聞こえた。大丈夫か？」

「わ、私、夢を……」

ミランダはパニックになって、上半身を起こした。

「ご、ごめんなさい。夢を見ただけなんです」

ルシアンは「うむ」と言ってベッドに腰掛けて、ミランダの背中と枕の間に手を回すと、そのまましっかりとミランダを抱きしめた。

「⁉」

急な接近にミランダは頭が沸騰《ふっとう》しそうになったが、温かい腕と頼もしい胸に包まれて、強張った身体から力が抜けた。そっと目を瞑ると、ルシアンはそのまま髪を優しく撫でている。まるであやされる子供のように、ミランダの心音は穏やかになっていった。

「どんな悪夢を見たんだ？」

「な……何でもないです……」

「俺には何も隠さなくていい。ミランダは俺の花嫁なのだから」

「でも……ただの夢で……」

ミランダが戸惑っていると、ルシアンは思わぬ言葉を口にした。

「俺がその悪夢を食べてやるから、言ってごらん」

「悪夢を……食べる?」

「漠《バク》という動物を知っているか? 奴は夢を食べるのだ。漠にできる芸当を竜王ができないわけがないだろう」

嘘のような本当のような発言に、ミランダはルシアンの胸の中でくぐもった笑いを溢したが、やがて訥々《とつとつ》と、夢で見た物を報告した。

ルシアンはひとつひとつ「うん」「うん」と丁寧に返事をしながら、ミランダが吐き出すすべての悪夢を、飲み込むように聞いた。

「……」

心の中にあった恐怖も、不安も、悔しさも、全部出し切ると、ミランダはルシアンの胸から顔を上げた。不思議なことに気持ちがスッキリとしている。

ルシアンの黄金色の瞳が自信に満ちた輝きでミランダを見下ろしていて、まるで本当に悪夢を食べてしまったのではないかと信じてしまう。

「ふーむ。全部食ったぞ」

「ふ、ふふふっ」

「最後に口直しだ」

笑うミランダの額に優しく口づけをすると、そっと枕に寝かせて布団を掛けた。

ミランダはおまじないに掛かったように、微睡《まどろ》んでルシアンを見上げた。

「悪夢を見たら俺を呼ぶんだ。夢なんぞ、いつでも食べ尽くしてやるからな」

にやりと笑う鋭い犬歯に説得力を感じて、ミランダは頷いた。

竜王に食べられてしまった悪夢はそれから現れることなく、ミランダは朝までぐっすりと眠った。

◇◇◇

翌日のおやつの時間に、クッキーはなかった。

午後からルシアンはキッチンに閉じこもって、何やら作っているようだった。

掃除をしながら城内をウロウロしているミランダは、昨晩の夢の一件で呆然としながらも、頭上にはおやつの絵が点滅していた。

パイか、それともケーキか？

「私ったら、ひどい食いしん坊だわ」

恥じらいで頬を染めて、いそいそと箒でロビーの床を撫でた。

キッチンの中では、ルシアンのおやつ作りをアルルが手伝っている。

「ルシアン様が懸念《けねん》していた通りになりましたね。お妃様の様子がおかしかったので、心配していましたが……」

「状況が落ち着いてひとりぼっちになったタイミングで、いろいろと考えてしまったんだろうな」

会話をしながらグラスにスイーツを盛り付けているルシアンを、アルルは見上げた。

「それは竜王様の経験からですか？」

「うむ。俺もアルルがこの城に来るまで、一人で考えすぎていた」

「優秀な配下ができて、元気が出たということですね？」

「いや。ごはんを食べさせたり、頭を洗ってやったりと忙しくなって、悩む暇がなくなったのだ」

「また僕を子供扱いして……」

ムクれるアルルを見下ろして、ルシアンは笑った。


キッチンから、アルルが元気に飛び出した。

「お妃様、おやつの時間ですよ！」

アルルの声に、ミランダは箒を持ったまま振り返った。

アルルの隣にはエプロン姿のルシアンも立っていた。片手で持った盆の上には、グラス入りの輝くスイーツが載っている。

「竜王パフェの完成だ！」

ミランダは謎のスイーツへの好奇心と期待で、目を見開いた。

「竜王……パフェ？」


食堂のテーブルに配膳された竜王パフェは、小さな丸いレースの上に置かれた。

ミランダの目前にある背の高いグラスには、夢のような景色が重なっている。

赤、白、ピンクの地層《ちそう》の上に白いドーム。生クリームと赤いソース。色とりどりのフルーツシャーベット。ミントの葉がてっぺんに飾られて、それはカラフルな塔《とう》のようだった。

「これが、竜王パフェ？」

見るからに楽しげな塔をミランダは眺め続けた。色彩のバランスが良くて、まるで芸術品のようだ。

ルシアンはパフェの向こうで笑っている。

「早く食べないと、溶けてしまうぞ」

ミランダは慌ててスプーンを手に取って、白いドームに赤いソースを絡めてすくうと、口に含んだ。

「‼」

それはバニラアイスと苺のソースだった。

ひんやり、とろり、と舌の上で溶けて、直後にふわっ、とバニラと苺の香りが広がった。

余韻《よいん》に浸りたいのに、手はまるで焦るようにスプーンで塔を攻略する。次は生クリームとフルーツと、アイス。組み合わせを変えてすくうたびに、口内で違うハーモニーが生まれる。思い切って地下を探ると、なんとスポンジケーキの層があり、まるでケーキ、いや、アイスケーキ！

ミランダは混乱に近い脳内実況をしながら、パフェに齧り付いた。

隣でアルルも無言でパフェを攻略している。二人が必死にスプーンを上下させているのを眺めて、ルシアンは満足そうに微笑んでいた。


空になったグラスを前に、ミランダは呆然と呟いた。

「冒険だわ……パフェは地層で、塔だもの」

今まで食べたどんなスイーツよりも夢中で食べた。長いようで短いトリップだ。

またもや食いしん坊ぶりを見せてしまって、ミランダは今さら恥ずかしそうにナプキンで口を拭いた。もしやアイスクリームまみれだったのではないかと不安になる。

「流石の竜王パフェですね。こんなに贅沢《ぜいたく》な冷たいデザートを食べたのは初めてです」

「うむ。氷竜ポラリスのおかげで、作ったアイスクリームを冷凍庫にストックできるからな」

ルシアンはにやりと笑って、アルルを向いた。

「竜王城では、泣いた子にはパフェを食べさせると決まっている。なあ、アルル」

アルルは赤面して頷いた。

「はい。以前、僕が竜に上手く乗れなくて泣いた日に竜王様は作ってくれました」

ミランダは悪夢で泣いた自分を慰めるために、ルシアンが特別なパフェを作ってくれたのだとわかって、嬉しさと恥ずかしさで真っ赤になった。

紅茶が空になると、ルシアンは立ち上がった。

「さぁ。今度は本当の冒険だ。高原地帯に水やりに行くぞ」

「水やり、ですか？」

ルシアンはミランダに手を差し出した。

「穏やかな風が吹く、安全な場所だ。花嫁殿も視察に行こう」

ミランダはガタと立ち上がって、笑顔を輝かせた。竜王のお仕事にやっと同行できるのだと、胸が弾んだ。

「はい！　ご一緒します！」


スコーピオは森の木々の少し上まで上昇して、ゆっくりと滑《すべ》るように飛行を始めた。

温泉に行く時に乗ったスピカよりもさらに高さのある飛行に、ミランダはルシアンにしがみ付いた。竜の上でほぼ抱っこされた状態のまま、流れる竜族の森の景色を目まぐるしく眺めた。

「あそこに、綺麗な泉が！　あ、あれは洞窟ですね。山の周りに竜がたくさん飛んでいます！」

ルシアンは片手で手綱を持ち、片手でしっかりとミランダを抱きながら、嬉しそうにミランダの頭に頬を寄せている。

「花嫁と空の散歩ができて最高だな」

爽やかな青空と優しい風の中、静かに飛ぶ竜の背中は快適だ。

しかも大事に抱っこされて、ミランダはくすぐったいくらい幸せな気持ちになっていた。

「竜の森はこんなに広大で、大自然なのですね」

「ああ。人間が入れないから、太古の自然そのままだ。竜以外の動物も沢山いるぞ」

「怪鳥とか？」

「それはもっと奥地だな。この一帯は危険な動物はいないから安心してくれ」

やがて開けた緑の丘が見えて、スコーピオはゆっくり着陸した。


「わあ、一面のお花畑！」

そこは春の花がそよそよと咲き乱れる、高原の緑地帯だった。

丘から向こうには険しい岩山の地層が見えて、その向こうには、まだ雪を被った青い山脈が連なっている。

爽やかな風に吹かれて花弁《はなびら》が舞う野原は幻想的で、ミランダはしばし景色に見惚れた。

隣にルシアンが立って空を見上げている。

「この辺りにはしばらく雨が降らなかったからな。今日は水やりだ」

ミランダは視察の目的をすっかり忘れていた。こんなに広大な花畑にどうやって？　と一瞬、バケツリレーを想像したが、それは杞憂《きゆう》だった。

ルシアンが目を瞑《つぶ》って何かに集中するように空を仰ぐと、青空に雲が四方から流れて集まり、やがてその雲からポツリ、ポツリと雨が降り出した。

サ――……

お天気雨が優しくシャワーのように降って、お花畑はあっという間に潤《うるお》いを取り戻した。

「気持ちのいい雨……竜王様はこんなに柔らかな雨も恵んでくださるのですね」

「竜だけでなく、この自然豊かな土地を守るのも仕事だからな」

森から鳥たちが飛んで来て、久しぶりの雨に、はしゃいで花畑で転がっている。森の中から何頭かの竜も出て来て、気持ちよさそうに雨を浴びていた。

楽園のような景色を微笑んで眺めていたミランダは「あっ」と目を見開いた。

目前に見事な七色の虹が掛かっていた。広大な花畑の端から端まである、大きな虹だ。

「ルシアン様！　虹が！」

笑顔でルシアンを見上げると、ルシアンはいつの間にか摘んだ白い花を手にして、ミランダの髪に飾った。

「俺の花嫁は可憐《かれん》で美しい」

うっとりと見つめるルシアンの腕にミランダは手を添えて、肩に頭を預けた。

「今夜きっと、私は夢を見ますわ。お花畑と虹と、竜王様の」

第六章 ✦ 醜悪な懺悔室

ミランダが竜王城に来てから、一週間が経った頃――。

「えーと、ここに行って、それからこっち」

城の外で、アルルは難しい顔で地図を確認している。

その背後からミランダは近付き、不意打ちでアルルが持っている地図を覗き込んだ。

「アルル君」

「うわぁ⁉」

アルルは咄嗟《とっさ》に地図を背中に隠した。

「お、お妃様⁉　外に出ちゃダメじゃないですか！　今日はお城の中でお留守番してなさいって、ルシアン様に言われたのに」

ルシアンが早朝から遠出したため、竜王城はミランダとアルルの二人きりだった。

アルルも「町に行く」と外に出たので、ミランダはアルルが透明になる前に、こっそりと追いかけたのだった。

「アルル君。私にずっと、何か隠しているでしょ？」

「え？　いや、何も隠してないですぅ」

会話をしながら、アルルは地図を無理やりポケットに押し込んでいる。

ミランダがこの城に来て以来、度々ルシアンとアルルが応接間で何かを打ち合わせていたり、アルルがこっそりと町で何かを探っているのをミランダは察知《さっち》していた。

「ベリル王国に行くのでしょ？　私の祖国に」

「そ、それは……その、ほしい食材がありますから」

「私も一緒に連れていって」

「ダ、ダメですよ！　お妃様を危ない目に遭わせたら、ルシアン様に僕が怒られます！」

「大丈夫。ベリル王国にいても私だとわからないように、今日は工夫をしたの」

ミランダは素朴なワンピースとブーツを身に着けて、髪を町娘のように三つ編みにしている。侯爵令嬢に見えないよう、変装したつもりになっている。

「アルル君はずっと、聖女フィーナについて調べているのでしょ？」

「えっと……」

アルルの目が泳いで、それは正解なのだとわかった。

「アルル君は子供だけど、ルシアン様に信頼されて仕事を任されているわ。私のことも同じように信頼してほしいの」

「うう……」

「竜王の花嫁として、自分の目で仇《かたき》の正体を確かめて知っておきたいのよ」

アルルはミランダの毅然とした瞳に呑まれていた。

「わ、わかりました。だけど、絶対に僕から離れないと約束してくれますか？」

「ええ。約束するわ」

アルルはミランダにパイロット用の眼鏡を渡して、二人で青竜スピカの背中に乗った。

ミランダがアルルを後ろから抱えるように座ると、アルルもミランダも、そしてスピカも一瞬で透明になった。

「き、消えたわ！」

「僕に触れている限り透明です。透明のまま王国の上空を偵察するので、しっかり掴まってください」

スピカは森を飛び立ち、あっという間に快晴の空に浮かんだ。

羽ばたきを殆どせずに、風に乗って滑るように飛んでいく。温泉に行った時よりも、お花畑に行った時よりも、ずっと高度が高い。

「きゃあ！　た、高……」

体感したことのない圧倒的な高さと速さにミランダは恐怖を感じたが、それはすぐに爽快な気分に変わった。流れる風と雲の中、軽々と国境を飛び越えていくダイナミックな飛行に心が弾《はず》む。

小さくなった竜族の森は街の景色に変わり、ベリルの王都が眼下に広がった。

アルルは前方を指差した。

「お妃様！　あれがベリル王国の王城です！」

「わぁ、あんなに小さいわ！」

悪夢にまで見た、あの舞踏会の断罪。牢獄の絶望。そしてジョゼフ王太子とすごした、仮初《かりそめ》の婚約者としての日々……自分を翻弄《ほんろう》し、恐ろしく強大に感じていた世界はこんなにちっぽけだったのかと、ミランダは笑いがこみ上げた。

「アルル君！　世界は広いのね」

「はい！　竜の目で見れば、沢山のことが見渡せます」

「本当ね……知らなかったわ」

見慣れた街に、侯爵家の土地。いつも乗った馬車。着飾った娘たち。

小さく見えるあの屋敷で、ミランダはずっと王太子妃になるための教育を受けていた。お淑《しと》やかで気品のある完璧な令嬢を目指して。

それが今、上空で竜に乗って、ワンピースと三つ編みをはためかせているのだから、人生ってわからない。懐かしさはあっても、不思議と寂しさはなかった。小さな箱庭を俯瞰《ふかん》する竜の目はミランダの心を逞しくしてくれた。

「さあ、ここで降りますよ」

アルルは人のいない森林に竜を着陸させて、二人は地面に降りた。

スピカはそのまま飛び立って空を旋回している。

ミランダはアルルと手を繋いで、透明人間のまま町へ向かって歩いた。

自分も見えないし、アルルも見えない。しかも、すれ違う人々も自分たちが見えていない、という状況は不思議だった。勿論、声を出せば聞こえてしまうので、ミランダは緊張して口を固く閉じていた。

田畑の景色はやがて、郊外の町へと移り変わった。

前方にはポツリと佇む白い教会が見える。どうやらここがアルルの目的地のようで、二人は教会を前に立ち止まった。

透明なアルルは小声で忠告する。

「お妃様。今から何が起きても、絶対に声を上げないでください」

ミランダはかしこまって、透明のまま頷いた。

シスターが教会の扉を開けたタイミングで、アルルはミランダを連れてスルリと中に入った。

教会の中には、町民が何人かいるだけだ。

アルルはさらにシスターにピッタリ付いて裏口に回ると、小さな個室の中にサッと入った。

三メートルほどの広さのスペースには椅子だけがあり、中央に格子状《こうしじょう》の衝立《ついたて》がある。

こんな小さな部屋に息を潜めてバレないのかと、ミランダは無人の空間でドキドキしていた。

アルルは潜伏に慣れているのか、平常心で身動きひとつしない。

壁にピタリと背を付けてしばらく待っていると、キィ、と扉が開いて、女性が入って来た。

白い修道服に、金色の髪。淑やかな顔のその人は――。

（聖女フィーナ‼）

ミランダは心臓が凍りついた。


目前に、フィーナがシスターの姿で椅子に座ったのだ。

そしてさらに、衝立の向こう側に誰かがやってきた。

ミランダはやっと理解をした。ここは教会の懺悔室なのだと。

「神はすべてをお許しになります」

聖女フィーナが聖書を開き、発した無機質な声は何かの合図のように感じた。

衝立の向こうに座ったのは中年の男で、ボソボソと、会話を始めた。


「○月○日　貴族の馬車が山賊に襲われ、商人一行が殺害される」

「○月○日　河川に毒物が流入し、魚が大量に死滅。生活水が汚染される」

「○月○日　南側の商店街で出火し、町が焼失する大火事が起こる」

「○月○日　ザビ帝国が北の地の小国へ侵攻を開始。戦争が始まる」


まるで日記のような、だが、日付は未来を指した、奇妙にして不吉な羅列が続く。

聖女フィーナは一言も答えずに、素早く聖書にメモを取っていた。

ミランダは膝が震えた。

これは予言だ。これから起こる災いや隣国の戦況を、懺悔室を使ってフィーナに伝えているのだ。そしておそらく、災いのすべてが人災であり、これからこの中年の男が故意に起こす予定の一覧なのだ。

「神よ、お許しください」

中年の男が棒読みで締めると、今度はフィーナが会話を始めた。


「〇月〇日　ジョゼフ王太子と聖女フィーナの正式な婚約発表」


ミランダは思わず、体が揺れた。

アルルがそっと握る手に力を入れて、我に返る。背筋を伸ばして冷静に会話を聞き続けた。

中年の男が下卑《げび》た笑いを溢し、フィーナも愉しそうな声をより潜めた。

「ボンクラの王子を騙すのは簡単だったわ。予言が当たるたびに私にしがみついて、次はどうしたらいい？　次はどうなる？　って。狂信しちゃって」

「よく元婚約者から略奪したな。相手は侯爵令嬢だったんだろ？」

「生意気そうな女だったし、後々面倒だから、竜に食わせてやったわ」

ヒヒヒ、と男もフィーナも下品に笑っている。

「どうせこの国の奴らは帝国に敗戦して竜の餌になると決まってるんだ。竜も人間の肉に味をしめただろう」

「いいご身分の令嬢ですもの。さぞ旨かったでしょうね」

残酷な言葉を交わす醜悪な顔に、ミランダは衝撃を受けていた。ジョゼフ王太子の前で淑女のふりをしていた、あの聖女と同一人物とは思えない豹変ぶりだった。

◇◇◇

森林近くの丘にアルルとミランダは戻って来た。

二人は芝生に座って、王都を見下ろして眺めている。

「はぁ……」

ショックで呆然としているミランダの横でアルルは小さなノートを取り出して、覚えた内容を書き取っている。

「お妃様。お気を確かに。よく最後まで堪《こら》えましたね」

「大丈夫よ。ただ、びっくりしただけだわ」

「今日、フィーナがここであの男と落ち合うことは事前にわかっていました。毎週ボランティアを装って、フィーナはあの懺悔室を密会の場にしているのです」

「フィーナはいったい、何者なの？」

「ザビ帝国が仕向けたスパイです。予言者を騙《かた》り、ベリル王国の中枢に関わって情報を帝国に流し、王軍の隙《すき》を作って侵攻させる目的です」

「そ、そんな！　じゃあ、この国はどうなってしまうの？」

聞かなくてもわかりきったことだった。隣国であるザビ帝国とは地下資源を巡って、度々《たびたび》小競《こぜ》り合いを起こしてきた。資源に乏《とぼ》しい隣国はスパイを使って、ベリル王国内部から転覆《てんぷく》を目論んでいるのだ。

「最初はお妃様の冤罪を晴らすために聖女フィーナの嘘を暴くつもりだったのですが、藪《やぶ》を突いたら大蛇が出て来ました」

「侵略のために王太子の婚約者の地位が必要だったのね。私はてっきり、聖女フィーナはジョゼフ王太子に恋をして、私を失脚《しっきゃく》させたのだと思っていたわ」

「ジョゼフ王太子は踊るピエロだと、ルシアン様はおっしゃっていました」

ミランダは不謹慎《ふきんしん》にも、笑いがこみ上げた。ルシアンの心地よいバリトンの声と傲慢な言い草が想像できて、急激に本人に会いたくなっていた。


夕方になって、スピカに乗ったアルルとミランダは竜族の森へ帰った。

城に近づく頃、アルルはビクッと、肩を揺らした。

「あわわ、まずいです。ルシアン様が城に戻ってる」

予定よりも早く帰って来たようで、上空から遠目で見ても、竜王城に猛烈な雨が降っているのがわかる。

「アルル君が怒られないように、私が説明するわ」

ミランダはそう言いつつも城に近づくにつれ、城の前に仁王立ちしているルシアンの姿から強い怒りを感じて腰が引けていた。


「た、ただいまです……」

スピカから降りたアルルは小さくなりながら、ルシアンに頭を下げた。

ミランダも隣で一緒に頭を下げた。

「お留守番の約束を破ってごめんなさい」

ルシアンは土砂降りの雨を背に「ハァ〜」と怒りをコントロールするように溜息を吐いている。

「アルル。何故、ミランダを偵察に連れていったのだ？」

案の定責められるアルルの前に、ミランダは庇《かば》うように飛び出した。

「違うんです！　私が無理に頼んで、同行したのです！」

「ミランダ。何故そんな危険な真似を？　君が生きていると知ったら、ベリル王国の頭のおかしい連中がどうすると思う？」

ミランダは自分の三つ編みを両手で持って見せた。

「変装をしました！　私だとわからないように！」

「うむ。可愛いな……でも、ミランダだとわかるよ」

褒《ほ》めたいのか、責めたいのか曖昧になったルシアンに、ミランダは毅然と宣言した。

「私は、竜王の花嫁です。自分の仇の素性《すじょう》を知るために相手の懐《ふところ》に忍び込む勇気くらい、持っています」

ルシアンは目を見開いてショックを受けたようだった。仁王立ちで組んでいた腕を解いて、フラフラと歩いて来た。

背筋を伸ばしてこちらを見据《みす》えているミランダを惚れぼれと見つめている。

「美しく可愛くて、格好いいだと……最高の花嫁じゃないか」

歓喜で震える手で、ひしと花嫁を抱きしめた。

ひとまずお叱りを免れたアルルは、どう転んでも恋をする竜王を感心と呆れの半々の気持ちで見上げていた。

◇◇◇

その日の晩の応接間の会議には、ミランダも参加した。

テーブルの上にはアルルが記録したノートが広げられ、聖女フィーナによって予言された内容と、実際に起きた災害や事故が照合されていた。

自然災害を装《よそお》った人災によって山や民家が燃やされ、公共の橋が落とされている。強盗や事故に見せかけた殺害も多数あり、ミランダは目を通しながら顔を顰めた。

「酷い……無実の国民をこんな目に遭わせて」

「奴らは最終的に戦争によって王国を滅ぼし、民を奴隷化《どれいか》するのが目的だから、これは手始めの犠牲にしかすぎないのだ」

理不尽にも不幸な目に遭ったのは自分だけではなかったのだと、ミランダは思い知らされた。それどころか、家族や自分の命を失った人たちもいるのだ。怒りで手が震え、ノートを強く握った。

ルシアンはアルルと顔を見合わせて、もう一度ミランダを見た。

「ミランダ。俺は花嫁をいじめた奴らを懲《こ》らしめるつもりで調査を始めたが、結果、この予言の騒動はベリル王国の存亡の危機であるとわかった。竜王として人間に、ましてや国同士の諍いには関わらないと決めているが、竜族の森の近くでドンパチやられるのは好かん。それに、ザビ帝国が竜族を取り込もうと画策《かくさく》しているのも気にくわんのだ」

紅茶をひと口飲むと、ソファにふん反り返った。

「だから奴らを懲らしめて、ザビ帝国の侵略を阻止する計画は変わらない。それには手荒なこともするつもりだが、花嫁殿はこの蛮行《ばんこう》に参加するか？」

蛮行、という言葉にミランダは躊躇《ちゅうちょ》した。

凛《りん》とこちらを見据えるルシアンの黄金の瞳は、人間とかけ離れた冷たさと厳しさを秘めていたからだ。

だが、ミランダの中にもその瞳と同じように、燃える怒りが芽生《めば》えていた。自分が生まれ育った故郷を滅茶苦茶《めちゃくちゃ》にする輩を許すわけにはいかない。

「はい。参加します。ベリル王国でもザビ帝国でも、乗り込むと言うのならば、私はお供します」

毅然とした返答に、ルシアンはにやりと口角を上げた。

「ふふ……俺は人間の花嫁というのは、か弱く可愛いものだと思っていた。だが、こんなに勇ましい顔もするのだから驚くな」

「悪夢は全部、竜王様が食べてしまいましたから。もう怖いものはありません」

アルルは意味がわからずキョトンとしているが、ルシアンは笑っている。

「では、覚悟ができているということだな？」

ルシアンは立ち上がると、アルルを見下ろした。

「アルル。席を外してくれ。花嫁殿の覚悟を測《はか》る」

「え!? あ、は、はい！」

アルルは意味がわからないまま何やら真剣な空気にのまれて、急いで応接間を出て行った。

バタン、と扉が閉まって、ルシアンとミランダの二人だけになった室内はシンとした。

ミランダは毅然とした顔と姿勢のまま、いったい何の覚悟を測るのかわからずに緊張していた。

何かのテストだろうか？ 儀式なのだろうか？

ルシアンはスッと自分の懐に手を入れると、紐《ひも》のような物を内ポケットから出した。

ドキドキ、とミランダの鼓動は高鳴るが、何故かルシアンも同じように緊張しているように見える。

「えーと、測るのは覚悟というか、その……」

言いながら紐を解くルシアンの手元をよく見ると、それは紐ではなかった。

ミランダは思わず、指をさした。

「え？　メジャー？」

「う、うむ。花嫁殿の、身体のサイズを測らせてもらう」

一瞬、応接間は時が止まったようにシンとして、時間差でルシアンは赤面し、ミランダも赤面した。

「ちょっと待ってくれ。誤解をしないでほしいのだが……」

「な、何故、覚悟に私の身体のサイズが必要なのですか？」

「け、計画に必要なのだ。だ、断じて、ふざけているわけじゃないぞ」

さっきまで竜王然としていたのが嘘のようにルシアンが狼狽《うろた》える様子が可笑しくて、ミランダは疑問を捨てて開き直った。

「私は竜王の花嫁ですから。サイズくらい、どうぞ」

立ち上がって自分の間近に立つミランダに、ルシアンはこれ以上なく緊張している様子だった。

「で、では、失礼して」

そっとメジャーをミランダの首の後ろに回し、前面に目盛りを合わせて、まずは首周りを測った。

「……」

互いに無言の中で、ルシアンの真剣な顔はメジャーを見ているのだろうが、まるで自分の身体を見られているようで、ミランダは緊張のあまり息を止めた。

肩幅、背巾《せはば》と、測る場所が胸に下りて来て、開き直ったはずのミランダは鼓動が暴れるほど鳴っていた。

ルシアンはテーブルの上のメモにサイズを書くと、慎重に続きを測った。

ミランダにはこのようにサイズを測る経験が幾度かあったので、理由はわかっていた。

(服を仕立てるのね。きっと計画に必要な変装の衣装なのだわ)

だが、今まではいつも仕立て屋の顔馴染みの女性が測っていたので、男性に、しかも恋心を寄せる相手に測られるなんて、恥ずかしいにも程があった。

ウェスト、ヒップ、身丈《みたけ》に、着丈《きたけ》……。

すべてを測り終わった後、ルシアンはミランダを椅子に座らせた。

「えっ」

ルシアンは跪いて、ミランダの編み上げブーツの紐を解いている。

「あの、靴《くつ》も……?」

「正確なサイズじゃないと、花嫁が足を痛めてしまう」

「え、でも、竜王様にそんな」

まるで従者のように地面に這いつくばって自分の足のサイズを丁寧に測っているルシアンの、

夜空色の髪と角が目の前にある。

ミランダは申し訳ないような恥ずかしいような気持ちで大人しくしていたが、いつも背の高い位置にある角が近くにあって、思わず角の近くの髪に触れてしまった。灯りで照らされた紺色の髪は濃い青や紫に色を変えてサラサラと流れる。

髪と同じ色の角はミランダの掌で丁度握れるサイズで、僅かに美しいカーブを描いていた。触っていいものかわからず、髪を撫でながら角を観察していると、ルシアンは下を向いたまま、ぽつりと呟いた。

「角は誰にも触らせないのだが」

ミランダはビクッと髪から手を離すが、ルシアンは笑いを溢す。

「花嫁だけの特権だ。好きなだけ触っていいぞ」

許可を得て、ミランダはたまらずに、そっと角に触れた。

特権と言われて、卑しくも独占欲が疼《うず》いてしまった。

「あ……艶っとして……気持ちがいい手触りです」

「そうか。それは良かった」

夜が更《ふ》けた応接間は真剣で親密にして、妙な会話で満ちていた。

◇◇◇

翌朝――。

ベリル王国では、厳かな儀式が始まろうとしていた。

宮廷の教会の鐘が鳴り、貴族たちが列を成して集まってきた。

教会内では各々が扇で不穏な顔を隠しながら、ざわざわと噂話をしている。

「今日はいったい、どんな恐ろしい予言が下されるのかしら」

「先週の崩落《ほうらく》事故や馬車強盗も当たりましたものね」

災難への恐怖から聖女フィーナの予言を聞きたがる貴族が後を絶たず、宮廷は定期的に予言の会を開くようになっていた。

小声で歓談する富豪の伯爵は、緊張で汗を拭った。

「いやはや。予言を聞かなければ、落ち着いて日常もすごせなくなってしまった」

「本当に。先々週に予言された事故を警戒して、私は一週間は家に籠りましたよ」

司祭と一緒に聖女フィーナが壇上に現れると、全員が歓談を止め、息を飲んで強張った。

シンと静まり返った会場で、フィーナに縋るような視線が集まる。

吹き抜けの天井から差す朝日に両手を広げ、天啓を浴びるように目を閉じると、フィーナは予言を下した。

「富を持つ国民の誰かが、襲撃の災難に遭うとの啓示《けいじ》です」

「清流が穢れるでしょう。幾多の魚が死に絶え、民の生活が脅《おびや》かされます」

「ああ……恐ろしい大火も見える。賑わう町のどこかで大火事が起きるでしょう」

「そして……戦《いくさ》が始まります。北の地に無残にも大量の血が流れるのが見えます……」


会場は恐怖の声でどよめいた。

フィーナの予言は断片的で、いつ、どこでかはハッキリとしない。

自分に関係が及ぶのかわからない災難は、すべての人々を恐怖に陥れた。

「皆様。お祈りください。私はこれから起こる災いを全力で最小限に抑えます」

苦しい顔で祈りのポーズをするフィーナに、全員が平伏《へいふく》し、祈った。


予言の会が終わると、袖《そで》で待っていたジョゼフ王太子はフィーナに駆け寄った。

「フィーナ！　今回は恐ろしい予言がいつもより多いようだね！」

「ええ。私は宮廷に招かれてから、予知の力が以前よりも強くなったのです」

「おお、何ということだ。素晴らしい！」

フィーナの金色の髪と純白の修道服が朝日で照らされて、笑顔が天使のように輝いて見える。

「ジョゼフ王太子殿下。王族である貴方様は、聖なる加護《かご》をお持ちなのです。その光が私に力を与えてくださっているのですよ」

「ぼ、僕が？　僕がフィーナの力に影響しているのかい？」

「ええ。殿下の加護はますます強くなっています。あの毒殺犯……殿下の元婚約者であった侯爵令嬢がいなくなって、穢れが祓《はら》われたのでしょう」

「そんな……ミランダが僕の力を封じていたなんて」

複雑な顔をするジョゼフ王太子の唇に、フィーナは指を当てた。

「不吉な犯罪者の名を口にしてはいけません。殿下はずっと、魅了という悪どい力で騙《だま》されていたのです」

ジョゼフは悲しげに頷いた。

「君が予知してくれなかったら、この国は大変なことになっていたんだね」

「ええ。でももう大丈夫です。私は貴方様のお側《そば》にいるだけで、どこまでも未来を予知できるでしょう」

ジョゼフ王太子は感激してフィーナを抱きしめた。

「ああ、愛しいフィーナ！　君がいれば、僕は安心して国を治められる。僕は歴代で最も優れた王になれるかもしれない！」

王太子の甘えた展望は付け入る隙が丸出しで、フィーナは抱き合う肩越しで愉悦《ゆえつ》に吊り上がる唇をゆっくりと舐めた。

第七章 ✦ 竜王様の蛮行

「ルシアン様！　これを見てください！」

朝からアルルが転がりそうな勢いで、玄関に飛び込んで来た。

掃除の途中だったミランダが驚いて駆け寄ると、アルルは両手いっぱいに輝く金塊《きんかい》を抱えていた。

「まあ！　アルル君、その金塊はどうしたの⁉」

「お妃様。それが、これだけじゃないんです」

アルルが後ろを振り返ると青竜スピカが佇んでおり、その手にも山盛りの金塊と金貨の入った袋を抱えていた。

「僕はいつも通り、貢ぎ物の回収をするために森の生贄台を廻ったのですが……」

ミランダは自分が生贄になった時に寝かされた、石造りの大きな祭壇を思い出した。牛や豚を丸ごと置いたり、野菜を並べて竜族に貢ぐための場所だ。

「あの生贄台に金塊が置かれていたの？」

「はい。ユークレイス王国とスピネル王国、クリスタ公国から……」

ミランダは目を丸くした。

「え？　生贄台って、いくつもあるの？」

「はい。どの台もすべて、それぞれの国が勝手に自国の境界線に作った物なんです。東西南北すべての森の端には生贄台があって、定期的に食べ物や美術品が置かれるのです」

ミランダはあの、膨大な数の美術品や家具を思い出した。

竜王が断捨離と称して各国に突き返した結果、今度は代わりに金塊を置いたのだろうか。


アルルの説明を聞いているうちに、後ろからルシアンがやって来た。

お昼のパンを作っている最中だったようで、ポニーテールに粉まみれのエプロン姿だ。

「フフン。奴らめ、俺に呪いを掛けたのがバレたと恐れて、金を積んできたわけか」

アルルはポケットから、何通かの手紙を出した。

「ユークレイス王国から、呪文についての謝罪と経緯《けいい》の説明です。この金塊は慰謝料だそうです。他国も同じようなことを言っていますね。貢ぎ物に呪文が紛《まぎ》れていたのは王の意思ではなく、不《ふ》手際《てぎわ》だったと」

「ふん。白々しい。王自身か、近しい者の仕業に違いないだろうに」

ルシアンは侮蔑《ぶべつ》するように手紙の束を見下ろした。そしてアルルから金塊を受け取って、その重さを手で測ると、ミランダに差し出した。

「花嫁よ。気分はどうだ？」

「え？　気分って……驚いていますが」

「いや、呪いだよ。この金塊に呪いは掛かっているか？」

ミランダはギラギラと輝く金塊に近づいて、じっと見つめたり匂いを嗅《か》いだりして、首を傾げた。

「さあ……特にモヤッとしないので、普通の金だと思います。それに、このタイミングで竜王様にまた呪いを寄越すなんて好戦的な行為は、どの国も怖くてやらないと思いますよ？」

ルシアンは満足そうに頷いた。

「ミランダは可愛いな。小さな探知犬《たんちけん》だ」

「探知犬……」

「俺にもアルルにもわからない呪いを嗅ぎつけるのだからな」

自慢げに言いながら、ミランダの頭を撫でた。

「で。可愛い探知犬は、今夜の蛮行に付いて来るのだろう？」

ミランダはドキリとした。今日はまさに、聖女フィーナが下した一つ目の予言が実行される日なのだ。ミランダは緊張しながら頷いた。

「勿論、付いて行きます。私は花嫁なので」

「うむ。いい子だ」

ルシアンはさらにミランダを抱えて、グリグリと頭を撫でた。

◇◇◇

夜になり。

スピカに乗ってベリル王国にやって来たアルルとルシアン、ミランダは、港近くにある人気のない山道にいた。フィーナが予言した強盗殺人は、今夜この場所で実行されることがアルルの調べでわかっていた。

「お妃様、大丈夫ですか？」

アルルが心配顔でミランダを覗き込んでいる。

今朝は毅然と「付いて行きます」と言いながら、いざ蛮行の現場に来てみれば、恐怖と緊張で身体がガタガタと震えていた。

「だ、大丈夫よ。こ、これは武者震《むしゃぶる》いだわ」

山道は港から街を結ぶ唯一の通り道だが、夜更になると滅多に馬車は通らない。静まった山中のどこかに殺人犯が潜んでいると思うと、ミランダは気が気ではなかった。

「オーライオーライ、もっと真ん中に置くんだ」

ルシアンは工事現場の指揮をするように、竜たちを操作している。空から二頭の竜が巨大な岩石を運んで来て、山道の真ん中に設置した。

ズズゥン。

重さで地響きがするほどの巨石はスッポリと道を塞いで、ルシアンは二頭の竜を撫でた。

「よしよし、ご苦労。お前たちは次に呼ぶまで山の中に潜伏していろ」

「キエッ」「クーッ」

竜たちはルシアンに従って飛び立ち、夜空に消えていった。

アルルはポケットからノートを出して開くと、メモの内容を読み上げた。

「ターゲットは今夜、港町で商談を済ませた貿易商人の子爵です。大金を持ってこの道を通る予定でしたが、巨石が占拠しているので引き返すでしょう。この先の山の中腹にある細い道に強盗殺人犯の山賊が待機しています。ロープを使って山道にトラップを仕掛け、馬車を停車させる手口ですね」

アルルの話を聞きながら、ルシアンは後ろで真っ青な顔になっているミランダに歩み寄った。

「ミランダ。大丈夫か？」

「だ、大丈夫です」

震えて胸に当てている手を取って、ルシアンは両手で握った。

「ミランダには誰にも、指一本触れさせないと約束する。安心するんだ」

夜空を背景に金色の瞳が力強く煌めいていて、ミランダはその頼もしさに安堵《あんど》して頷いた。

ルシアンはマントのフードを被って角を隠し、山道を中腹に向かって歩き出した。

ミランダはアルルと一緒にスピカに乗って透明になり、上空からゆっくりとルシアンの後を追った。暗闇の中を歩くルシアンは武器を持たず、しかも手にはランプを持っているので、潜伏する山賊からは丸見えであろう無防備《むぼうび》な姿だ。山の中腹に近づくにつれ、ミランダの心は不安と心配だけではない、モヤモヤとした感覚が強くなっていった。

一方、巨石の先の中腹で。

山賊の集団は茂みに身を潜《ひそ》めて、子爵の馬車を待っていた。

真っ暗な山道で車輪の音に耳を澄ませていたが、一向に物音はしなかった。

待ちくたびれて痺《しび》れを切らした山賊たちは、口々に文句を漏らした。

「チッ、まだ来ねえ。本当に来るのかよ？」

「おかしいな。頭《かしら》の情報じゃ、もうここを通ってもいい頃合いだぜ」

「ガセじゃねえのか？　さっきから人っこ一人通らねえ」

「そんなわけねえだろ。頭の情報はいつも確かだ。そのおかげで、たんまり稼がせてもらってんだ」

見張り役が苛立って山道の先に目を凝《こ》らすと、奥の方に小さくランプの灯りが見えた。

「おい、灯りだ！」

小声の合図に山賊たちは色めき立って、茂みから身を乗り出した。

馬車の灯りかと思いきや、近づくにつれ、それは徒歩の人間だとわかって集団は唖然とした。

背の高い男が一人、こちらに向かって歩いて来ている。マントのフードを深く被って顔は見えないが、服装から高貴な身なりだとわかる。しかも、剣も持たずに丸腰《まるごし》だ。

「おいおい、子爵ってあれか？　徒歩で、しかも一人だぞ？」

「いや。情報では馬車に乗って金品も車に積んでいるはずだったが」

「へへへ、お貴族様がこんな夜道で迷子かよ。丁度いい。馬車強盗の前にあいつの身ぐるみを剥《は》いで、酒代の足しにするか」

茂みからぞろりと山賊の集団は出てきて、山道を塞いだ。

手にはそれぞれ、剣やナタなど大きな刃物を持って光らせている。

「おい、そこのお貴族さんよ。命が惜しかったら、有り金を全部ここへ出しな。通行料だ」

山賊の半笑いの脅《おど》しに、こちらに歩いてきたマントの男は立ち止まった。命乞いをするか、逃げるかと思いきや、質問を返してきた。

「お前ら、ベリル王国の民か？」

「はぁ？」

山賊は意味不明な質問に顔を見合わせた。

「何だこいつ？　ベリルの民だから、何だって？」

マントの男は「ハァ〜」と溜息を吐いた。

「情けないな。金銭目的で同胞の民を殺すとは。人間はどこまで愚かな諍《いさか》いを起こすのだ」

場違いにして大層な嘆きに山賊は苛立ちを募《つの》らせて、刃物を振り上げた。

「てめえ、偉そうな口を利いてんじゃねえ！」

振りかぶった刃物をマントの男が指差したその瞬間に、山道の一帯は青い光に満ちた。

轟音が鳴り、山が揺れるほどの衝撃の後で、山賊は全員が地面に倒れていた。

悲鳴ひとつ上げる間もなく、白目を剥いている。

「そんな物騒な刃を持ち歩いているから、雷が落ちたではないか」

フードを頭から下ろしたルシアンは、地面で佃煮《つくだに》のようになった集団を見下ろして笑った。

上空でスピカに乗って事の成り行きを見守っていたミランダは絶句した。雷の威力に驚き、さらにその結果の惨状が衝撃的だった。

「お妃様、終わりましたね。着陸しますよ」

アルルはスピカを降下させると、ミランダの手を取ってルシアンの下へ駆け寄った。

「ルシアン様！」

ミランダは現場に近づくと、散乱する山賊たちが黒焦げの死体に見えて足を竦ませた。

「こ、この者たちは死んだのですか？」

「死なない程度に落としたつもりだが、どうかな」

ルシアンはピクリともしない山賊の手首を掴んで、脈を確かめた。

「うむ。なんとか生きてるな」

ルシアンが空を見上げると、山頂で待機していた竜たちが下りてきた。山賊たちの体を掴んだり咥えたりして捕獲《ほかく》すると、再び上空に舞った。

「適当な洞窟にでも放り込んで、事が済むまで監視しておけ。それから、山道の入り口に置いた石も通行の邪魔にならないように戻しておくんだ」

ルシアンの指示を聞いて、竜たちは竜族の森の方向と山道の下り坂にそれぞれ向かって散った。

ミランダは呆気にとられたまま、竜が飛んでいく空を見上げている。

「あの山賊たちはベリルの民なのですね」

「ああ。酒場で出会ったザビ帝国のスパイを何者かも知らずに頭と呼んで、強盗先の情報をもらって稼ぎまくってた奴らだ」

「そんな……自国民が敵国に協力するなんて」

「ああいう奴らは明日の酒代しか考えていない。自分たちが何に関わり、何をしでかしてるかなんて、考えるのも面倒なのだろう」


アルルは始末後の証拠をひとつも残さないように、散らばった刃物や衣類を集めて袋に入れて回っている。袋の口を縛ってスピカに持たせると、ルシアンを仰いだ。

「これで一連の強盗殺人はカタがつきましたね。次は、河川への毒物の流入です。実行は帝国の三人のスパイのうちの二人です。農村地帯で農民のふりをして、多数の樽《たる》を上流に運びます。これが実行されたら、一帯の生活水が汚染されて大変なことになります」

「人心を恐怖で支配するために自然を穢すとは……愚か者め」

竜族の立ち話を聞きながら、ミランダは証拠を消された黒い地面を見下ろし、もう一度ルシアンを見上げた。指先ひとつで落雷を呼び、あれだけの人数を一瞬で丸焦げにしてしまうのは恐ろしい力だったが、これ以上無実の人が強盗殺人の被害に遭わずに済んだと考えると、ミランダの心はほっとしていた。

そして、上空から目撃した現象に首を傾げた。

（あの山賊たちの頭上には、何か黒いモヤモヤが見えたわ。暗くてよく見えなかったけど、気のせいかしら）

ミランダは貢物から見つけた呪文と同じ感覚を人間にも感じた気がしたが確証が持てず、ルシアンとアルルには言い出せなかった。

◇◇◇

竜王城に戻り、夜も深まった頃。

ネグリジェを着て髪をとかし、就寝《しゅうしん》の用意をしているミランダの部屋のドアがノックされた。

ドアを開けると、ラフなシャツの上にマントを羽織ったルシアンが立っていた。

「ルシアン様？　こんな夜更けにお出かけされるのですか？」

先ほどの蛮行への衝撃が冷めやらぬまま、ミランダは動揺した。

ルシアンは企むような笑顔でミランダの手を取った。

「夜の偵察だ。ミランダも一緒に行こう」

小声で伝えると、人差し指を唇に当てた。

「アルルには内緒だぞ？」

その仕草が妙に色っぽかったので、ミランダは不安とときめきがごちゃ混ぜになり、ドキドキしながら深夜の謎のお誘いを受け入れた。

星空の下、ルシアンはネグリジェにマントを羽織ったミランダを抱いて、スコーピオに乗った。夜の森は葉擦《はず》れと風の音だけが聞こえて静かだ。

いつもより強くルシアンのマントを握りしめるミランダを、ルシアンは見下ろした。

「夜の森は怖いか？」

「いいえ。ルシアン様と一緒だから怖くありません。ただ……」

「何だ？」

「ルシアン様がまた危険なことをするのではないかと、心配になるのです」

「ハハハ。竜王に心配などいらないぞ」

確かにあんな雷の威力を見たら、竜王は人間の手に負えない能力者なのだとよくわかる。しかしミランダは、あの懺悔室で聞いた予言の内容を思い出していた。

強盗に、毒物に、大火事、そして戦争……いくら竜王といえど、戦争などどうやって阻止するのだろうか。たとえスパイを捕獲したとしても、ザビ帝国の北の地への侵攻は止められないはずだ。

心配のあまりルシアンの胸に強く抱きつくと、胸のあたりに何か硬《かた》い物があるのを感じた。

「ルシアン様？　これは……何ですか？」

四角く長細い物体を手でなぞっていると、ルシアンがマントの中に手を入れて、それを取り出した。途端に、ミランダの顔は灯りに当てられたように光った。

「これは……金塊⁉」

今朝方、生贄台に置かれた各国からの謝罪の金塊だ。

「ああ。アルルに怒られないように内緒で一つ、くすねてきた」

「竜の視察に、何故金塊がいるのです？」

「それは見てのお楽しみだ」

「？」を浮かべるミランダを乗せて、スコーピオは洞窟がある山の麓《ふもと》に舞い降りた。


ミランダはルシアンと手を繋いで、慎重に洞窟の中に入っていった。

中は真っ暗だが、所々にまるで蛍の光のような青い発光物が点々と輝いていた。

奥に進んで行くとその光は数を増やして、ピンクや紫、黄色の光も混じって、煌びやかに洞窟内を照らしていた。

「綺麗……光っているのは鉱物ですか？」

「ああ。ここは鉱物の宝庫だ。何万年もかけて結晶した、様々な種類の鉱物が眠っている。結晶は地中の成分を取り入れて色を変えているんだ」

ミランダがいろんな形や色の鉱物に見惚れるうちに、洞窟の奥から何やら大きくて重い物体が、地面を揺らして近づいて来た。

ドシドシ……。

音が近づくにつれて洞窟内が明るくなって、ミランダは驚きで立ち竦んだ。

「あれは……竜⁉」

竜王を見つけて嬉しそうに駆け寄って来た巨漢《きょかん》の竜は、青白い体の背中に沢山の鉱物の結晶を背負っていた。まるでハリネズミのような、不思議な姿の竜だ。

ルシアンは竜の頭や顎《あご》を撫でながら紹介してくれた。

「シリウスという夜行性の竜だ。よ～しよし」

眩《まばゆ》い御体《おんたい》に瞬きをするミランダにシリウスは顔を近づけて、フンフンと匂いを嗅いでいる。そしてルシアンの方を向くと、さらに胸の辺りに顔を突っ込んで、フンフンと鼻を鳴らしている。

「ハハハ、シリウス。お前は鼻が利《き》くからな。これの場所がわかるのか」

ルシアンはマントから金塊を取り出すと、シリウスに見せた。

「あ⁉」

ミランダが叫ぶのと同時に、シリウスはルシアンの手にある金塊をパクッ！　と口に咥えて……。

「ボリッ！　バリン！　ボリン！」

金塊を噛み砕き、食べてしまった。

「きゃあ⁉　た、食べた⁉」

信じられない歯の強さ、というより異様な偏食《へんしょく》ぶりにミランダは仰《の》け反《ぞ》った。

「ゴリ、ゴリ……ゴクン」

奥歯で咀嚼し、シリウスはあっという間に金塊を食べ尽くしてしまった。

シリウスは二個目の金塊をおねだりするようにルシアンに甘えている。

「こらこら、ダメだ。一個だけだ」

「ルシアン様、この子のお腹は大丈夫なんですか⁉」

「ああ。シリウスは鉱物を餌にする竜なんだ。体の中で鉱物を吸収分解し、背中に結晶を作り出す。食べた鉱物によっては珍しい貴石を生み出すことがあるから、たまにこうして貴重な物を食わせてみるのだが……アルル曰く、勝率の低いギャンブルだからやめなさいと」

ミランダはアルルらしい堅実な意見に笑った。

そっとシリウスの身体に触れてみると、確かに他の竜と違って、その皮膚はまるで岩のようでゴツゴツとして硬い。そして背中にある結晶はどれも美しい輝きを放っていた。

「なんて神秘的なの。あなたはまるで、生きた宝石ね」

結晶が乱反射して、ミランダの薔薇色の髪と瞳も、ルシアンの夜空色の髪と角も幾何学《きかがく》の模様で輝いていた。

「ミランダも宝石のようだぞ」

「ルシアン様こそ」

シリウスに金塊のおやつをあげた秘密を共有して、二人は悪戯っぽく微笑みあった。

ミランダは蛮行を目の当たりにした自分のショックを和《やわ》らげるために、ルシアンが美しく珍しいものを見せてくれたのではないかと考えて、胸が温かくなっていた。

◇◇◇

翌朝。

ミランダは懲りずに、竜王の蛮行に付いてきた。

アルルが操縦するスピカに乗って、ルシアンに抱えられている。

三人は姿を透明にしたまま、ベリル王国の郊外の町の上を飛んでいるが、上空は朝の冷たい風に晒《さら》されていた。ルシアンは心配そうにミランダの肩を摩った。

「花嫁の体が冷えてしまうな。二日も続けて遠出して大丈夫か？」

「はい。大丈夫です。私の祖国の危機ですから、何もできないけど、せめて見守りたいのです」

アルルはスピカを旋回させながら唸っている。

「おかしいですね……やっぱり、一人しかいない」

スパイのうち二人を、河川に毒物を撒《ま》く予定日よりも早めに捕獲するために潜伏先に来たが、二人がアジトとして借り上げている小さな一軒家には、一人しかいないようだった。

家の庭に置いたリヤカーには大きな樽がいくつも積んであり、毒物を既に用意している様子だった。

「買い物にでも出かけてるんだろ。帰宅を待つのも面倒だから、先に一人を捕獲しておこう」

ルシアンに指示されて、アルルは森林の中にスピカを着陸させると、ルシアンとミランダの間に入って手を繋ぎ、透明のまま三人でアジトの戸建てに向かった。

戸建ての前に辿り着くと、ルシアンは周囲を見回した。農村に近い小さな町には戸建てが距離を取って点在しており、人通りも少ない。

「ふむ。少し音を立てても問題なさそうだな」

蛮行の予兆《よちょう》にミランダは緊張で息を飲んだ。こんな町中に雷を落として大丈夫なのだろうか。

「アルルとミランダは俺が呼ぶまで、アジトに近づくな」

ルシアンはマントのフードを被ると、アルルから手を離して透明から姿を現した。

そのままアジトの戸建てのドアに向かって歩き、アルルとミランダは透明のまま、固唾《かたず》を飲んで見守った。

コンコン。

ルシアンが普通にドアをノックすると、ドアが慎重に開いて、男は来客を確認した。と同時に、ルシアンは強引に片手でドアを押さえて内部に押し入った。

バタン！　とドアが閉まった後には男のくぐもった声と、ドカッ、ガタン！　と中で暴れるような音が鳴り、しばしの後に沈黙となった。

「え？　す、素手で？」

雷ではなく単純な暴力で押し入ったのを見て、ミランダは拍子抜けした。蛮行そのものだ。

ドアが少し開いてルシアンが手招きをしたので、アルルとミランダは戸建ての中に恐る恐る侵入した。


「ううう……」

鼻血を出して頬を腫《は》らした男は項垂れて、床に座り込んでいる。髪も服も乱れたまま、グルグルにロープで縛られていた。小太りで体格のいい男の顔を、ミランダはまじまじと見た。これが敵国のスパイか、という感想よりも、酷く殴られた様子にドン引きしていた。

「暴力は好かんが、町中に雷が落ちたら民がビックリするからな」

ルシアンがフードを下ろすと、見上げた男はギョッとして叫んだ。

「角だ！　……竜族か⁉」

ルシアンは男の驚きを無視して質問をする。

「もう一人の男はどこだ？　お前の相棒だ」

「で、出かけた」

「どこに？」

「……」

男は押し入った相手が竜族だとわかって怯えている様子だが、流石にスパイを生業《なりわい》としているだけあって、仲間を売らないという覚悟を感じた。

ルシアンは面倒そうに「ハァ～」と溜息を吐いて、手刀のように手を振った。

雷が落ちるかとミランダが身構えた瞬間に、縛られた男の横にあったテーブルが、スカン！と乾いた音を立てた。続けて、ゴトン、と床の上にテーブルの端が落ちた。

「え……？」

男もミランダも、思わず声を出した。落ちたテーブルの木片は、まるでカッターナイフで切断したように綺麗な断面を見せていた。

ルシアンはしゃがんで男の目線に合わせると、にやりと笑った。

「お前は鎌鼬《カマイタチ》を知っているか？　高速度の疾風《しっぷう》は、人の皮膚を切り裂くのだ」

ルシアンが手刀を斜めに振ると、男の髪がシュッと切れ飛び、その後ろの水差しが、カンッと甲高《かんだか》い音を立てて真っ二つに斬《き》れた。

「きゃあ!?」

ミランダは思わず悲鳴を上げてしまった。

「乙女に残虐な物を見せたくないので、早めに教えてほしいのだがな。相棒はどこへお出かけした？」

カンッ、キンッ、カツン！

と彼方此方で甲高い音が鳴って、瓶や棚や椅子が次々と切断されていた。その風の刃はすべて男の体を掠《かす》めて、切り傷が増えていく。

「ひ、ひぃ……」

「指を一本ずつ切り落とすか、耳と鼻から削《そ》ぎ落とすか選べ」

無表情なルシアンの冷え切った黄金の瞳を直視して、男は脂汗をびっしょりとかいていた。

「ど、どこへ出かけたかは、知らない！」

ルシアンが男の耳を掴んで、強く外側に引っ張った。

「痛っ！　ほ、本当に知らないんだ‼　隣町の、どこかへ行った！」

アルルが思わず横から口を出した。

「隣町に何をしに行ったんです⁉　本当に耳が飛びますよ⁉」

ルシアンが男の耳の付け根に手刀を当てた瞬間に、男は天井に向かって絶叫した。

「井戸だ‼　井戸を探しに行った！　毒の効果を実験するためだ！」

その声に、ルシアンもアルルもミランダも、時を止めて目を見開いた。


アルルはスピカを操縦しながら、焦って下界を見回している。

捕らえたスパイの男から隣町の井戸へ向かった相棒の特徴を聞いたが、それはこの町の雑踏《ざっとう》のどこにでもいる格好で、特徴がまるでなかった。

「農民の服装で手ぶらだなんて、山ほどいますよ！」

アルルの言う通り、露店の並んだ町には野菜を売る者、買う者、歩く者で賑《にぎ》わっており、誰も彼もが似たような格好をしている。

「町には井戸がいくつもあります！　どの井戸に毒を入れるつもりなのか、本人も手当たり次第だと思います」

アルルの焦りはミランダにも伝わって、蒼白になっていた。

ミランダを抱えているルシアンは舌打ちをした。

「毒の効果を確かめるために事前に井戸に投げて実験するとは、鬼畜《きちく》か？　ロクでもないな」

ミランダの目には町中を走る子供たちや、赤ちゃんを抱いた女性、平和にお茶をしている老人たちが見える。井戸に毒が投げられたら、この町の人たちは只《ただ》では済まないだろう。地下水の汚染が広がれば、ベリルの地は甚大《じんだい》な被害を受ける恐れがある。

透明のまま上空から三人で目を凝らすうちに、ミランダは大きく身体を乗り出して、夢中で実行犯を探した。

「ミランダ、危ない！　落ちてしまうぞ！」

ルシアンの注意に、ミランダは大声で返した。

「私が落ちないよう、しっかり支えてください！　アルル君！　少し高度を落として、道なりに偵察して！」

「は、はい！」

スピカは透明のまま町の人々の頭上を舐めるように滑走《かっそう》し、ルシアンはミランダの腰をしっかり掴んで、ほぼ落ちかけている身体を支えた。

ミランダは全神経を集中させて、あの感覚を思い出していた。

貢ぎ物から呪文を見つけた、あのモヤッとした感覚を。

（魔力でも、能力でも何でもない。私は呪文に込められた悪意に反応したんだわ）

懺悔室のフィーナに。昨晩の山賊たちに。そしてさっきのスパイの男に、ミランダは呪文と同じモヤモヤを感じていた。まるで黒い炎が頭上に燃え上がるように、悪意を持った物も人間も、モヤモヤを纏《まと》っているのだ。それは冤罪という悪意によって陥れられ、大量の呪文を目の当たりにしたミランダが目覚めた、悪意に対するアレルギーのような物なのかもしれない。


「あれ！　あいつよ！」


群衆の中で、一際《ひときわ》大きな黒い炎が見える。

農民の服装をした手ぶらの男が、モヤモヤと悪意の炎を頭上に燃やして歩いていたのだ。

ルシアンはミランダを強い力で引き上げると、アルルに押し付けた。

「花嫁を頼む」

直後に、スピカの背中からルシアンは飛び降りた。

そのまま男の背後に近づき接触した後、男は一瞬で意識を失って、前方に倒れた。

ミランダは男が確保されたのを確認して、スピカの上で腰が抜けるようにへたり込んだ。

アルルは喜びつつも、訳がわからずに振り返った。

「お妃様！　何故、あいつだとわかったんです⁉」

「モヤッとして……アレルギーが出たんだわ」

アルルはますます意味がわからないまま、スピカを着陸させるために林に向かった。


「あ〜、危なかった。俺は焦って、首を斬り落としちゃうとこだったぞ」

スパイのアジトに戻ったルシアンは、縛り上げた二人の男たちの前で自分の手を眺めている。

首に手刀を落とすか、鎌鼬を出すのか間違えそうになったようで、男たちもミランダも、ゾッと肝を冷やした。

テーブルの上には、三つの小瓶が並んでいる。

井戸に投入されるはずだった毒の小瓶は男のポケットからすべて回収されて、井戸水の汚染実験は未然に防ぐことができた。

ルシアンはミランダの腰を両手で抱えると、高い高いのポーズで頭上に持ち上げた。

「俺の花嫁は凄いぞ！　悪意のモヤモヤを探知するんだからな。可愛い可愛い、探知犬だ‼」

頬擦《ほおず》りをして喜んでいるルシアンを、アルルは呆れて見上げている。

「竜王様。今はそれどころではないですよ」

「ふん。これどころ以上に大切な物があるか」

ルシアンは不満そうにミランダを床に下ろすと、スパイの二人を見下ろした。

「お前らはこれから竜族の森に連れ帰って、竜の洞窟に放り込む。まだまだ聞きたいことが山ほどあるからな。がんばって生き延びてくれ」

　竜の洞窟という未知なる牢は恐怖を煽《あお》って、男たちを震わせていた。


　スピカは二人の男を両手で持ち、背中にアルルとルシアン、ミランダを乗せて、竜族の森へ帰っていった。

「これで残るは大火事と戦争ですね」

　アルルはノートを開いて確認している。

「放火を実行する三人目の居所はもう掴んでいる。今夜捕まえて、洞窟に投げるだけだ」

　ルシアンの言葉に、ミランダは胸を撫で下ろした。これでベリル王国に起きるはずだった災いは、すべて未然に防がれることになった。

　ミランダはルシアンに、最後の心配を聞いた。

「ルシアン様。ザビ帝国の北の地への侵攻を、どうやって止めるおつもりですか？」

「災いには災いを、だ。花嫁よ。最後の蛮行にも付き合うか？」

　ミランダは頷いた。

「私は竜王の花嫁です。竜王様のすべてを見守って、お力になりたいのです」

「花嫁が隣にいてくれるだけで、俺は百万馬力だ」

　頼もしく笑う竜王の胸に、ミランダは寄り添って頭を預けた。

第八章 ✦ 積み木崩しの城

夕食だと呼ばれて、ミランダは食堂へ向かった。が、廊下でアルルに引き止められた。

「お妃様。今日はお外でディナーですよ」

「まあ！　素敵ね」

竜王城の外に案内されて玄関から出たものの、そこには予期せぬ光景があって、ミランダは驚きで飛び上がった。

そこにいるのは、スコーピオと同じ赤い竜。

だけど、大きなスコーピオの体よりもさらなる巨躯を持つ竜が厳《いか》つい顔をして、芝生に佇んでいた。腹の明るいオレンジから背中の真紅に繋がるグラデーションが美しく、まるで炎のような色合い……と思ったら、チロチロ、と出す赤い舌が炎を纏っていた。

「か、火竜、ですか」

ミランダが硬直して見上げていると、ルシアンがエプロン姿でやってきた。

手には長い槍《やり》のような物を持っている。

「アンタレスだ。あの岩場の下でこいつが眠っているから、湯が湧いているのだ」

「そ、そうだったんですね。あの、アンタレスさん。いつも良いお湯をありがとうございます」

ミランダはアンタレスに頭を下げた。何なら土下座したいほどに迫力のある姿だ。

アンタレスの近くにはテーブルがあって、その上には冗談みたいな量の生肉が山盛りになっていた。ルシアンは手に持っている長い槍で肉を串刺しにすると、高々と頭上に掲《かか》げた。

「今夜はバーベキューだ！　大仕事の前にはやっぱり、肉だろう！」

あ、それはＢＢＱ《バーベキュー》の串なんですね、とミランダが思った直後に、その肉を目掛けてアンタレスが烈火《れっか》を吹いた。

ゴォ！　と肉が炎に包まれて、凄い勢いで焼かれている。

「ひえぇ⁉」

腰を抜かしそうになるミランダに、アルルはサラダを差し出した。

「はい、お妃様。お野菜も食べてくださいね」

「え、ええ、ありがとう」

ルシアンは肉の塊の表面をまんべんなく焼き、ミディアムレアの状態で火から上げると、鍋のソースに肉塊《にくかい》を突っ込んだ。漬けた肉を再び掲げて、今度は汁だくで炙《あぶ》った。

ジュウ、ジュワ～ッ、と美味しそうな匂いと煙が立ち上り、ミランダは思わず、涎《よだれ》を垂らさんばかりに釘付けとなった。

肉はまな板の上に置かれて大きな包丁で捌《さば》かれるが、まるでバターのように柔らかく切られていく。お皿に綺麗に盛って、ソースを掛けてマッシュポテトとクレソンを添えると、それはさっきまでの野蛮な肉塊とは思えない、お上品なディナーの一皿となった。

「これは花嫁殿に」

「あ、ありがとうございます」

ミランダがナイフとフォークを入れると、肉はスルリと簡単に切れた。その柔らかな質感は口に含むとより一層、際立った。溢れる肉汁と甘いお肉がお口いっぱいに広がって、ミランダは美味しさのあまり感激して、ルシアンを見上げた。

ルシアンは串ごと齧り付いて、豪快に肉を引き千切っていた。その隣で、アルルも丸ごと串から噛み千切っている。竜族の鋭い犬歯はこのためにあるのかと思うほど、雄々《おお》しい絵だった。さらにその隣では、アンタレスがご褒美で与えられた巨大な生肉を頑強《がんきょう》な牙と顎の力で貪《むさぼ》っていた。

「ひ、ひえぇ……」

あまりにワイルドなBBQにミランダはすっかり度肝を抜かれたが、竜族に負けじとお肉を頬張った。濃厚なお肉は勿論のこと、肉汁が溶け込んだソースにマッシュポテトが、これまた合うこと……！　ひと口ごとに力が漲《みなぎ》るようで、肉、マッシュ、肉、マッシュ、と、ミランダはループに嵌った。

アルルは空になった串に新たに肉を刺しながら、ミランダに教えてくれた。

「これは体長が六メートルもある、幻の黄金牛のお肉なんですよ。凶暴なので狩るのが難しく、なかなか手に入らないのですが」

「これもタウラスが狩ったの？」

「いいえ。この牛だけは、アンタレスが狩りに行きます」

ミランダはアンタレスを見上げて、もう一度お礼を言った。

「アンタレスさん。ご馳走様です……」

アンタレスが溜息のような小さな火を吹いて、ミランダが持つ枝の先のマシュマロが、こんがりと焼けていく。

食後の戯《たわむ》れでキャッキャと喜んでマシュマロを焼いているミランダを、ルシアンはワインを呑みながら愉しそうに眺めている。

ふー、ふー、と丁寧に冷まして、ミランダは焼きマシュマロをルシアンに差し出した。

「はい、竜王様。あーん」

「あーん……う～む、花嫁殿が料理したマシュマロは格別だな」

「うふふっ」

イチャイチャを眺めていたアルルにも、差し出された。

「はい、アルル君も。あーん」

「えっ、あ、あーん」

遠慮がちにマシュマロをもらったアルルは、首を傾げた。

「お妃様、酔っ払ってますね……」

お肉と一緒にいただいたワインで、ミランダはふわふわと酔い心地になっていた。

ザビ帝国の侵攻を阻止する前夜祭の宴は、血湧き肉躍るほどワイルドに。

そしてふわふわと盛り上がったのだった。

◇◇◇

ベリル王国の王太子の婚約者だったミランダは、幼い頃から地理と歴史を家庭教師から学んだ。ゆくゆくは王妃となって王を補佐するために、周辺国の知識が重要だったからだ。それぞれの国の成り立ちや、文化、政策……そして国交をスムーズにするための語学と社交。

それらはジョゼフ王太子からの一方的な婚約破棄によって努力が水泡《すいほう》と帰《き》すかと思いきや、今改めてその勉強が役立っていた。


夜空の下に広がる本物の地図……ザビ帝国を竜の上から見下ろして、ミランダは学習した地形を思い出していた。

広大な砂漠と、山岳地帯。多民族が暮らす幾多の町と村。そして、軍事国家らしく要塞《ようさい》のように頑強な帝国の城。

ザビ帝国では北の小国への侵攻を前に、帝国民と軍を鼓舞《こぶ》しようと、軍事パレードが何時間にもわたって行われていた。その軍人の数と一糸乱れぬ行進の迫力に、ミランダは恐怖で竦んだ。

「寒くないか？」

マントに包まって震えているミランダを、後ろから抱えるルシアンは労っている。

今日はルシアンもアルルもしっかりとマントのフードを被って、透明の状態でスピカに乗っていた。

地上からは、上空にまで届く歓声と咆哮《ほうこう》が聞こえる。

「決起《けっき》しろ！」

「我が帝国軍の力を見せろ！」

ザビ語を習得していたミランダには、彼らが何を叫んでいるのかもすべてわかっていた。

パレードが盛り上がる最中、ルシアンは片手を上げて宣言した。

「お取り込み中悪いが、嵐の始まりだ」


ゴゴゴゴ……ゴォン。


腹を抉るような重低音が空に響くとともに、灰色の雲が蜷局《とぐろ》を巻いて現れた。

まるで生きた怪物のようにその雲は厚みと大きさを増して、帝国の空を覆った。

ザアッ！

まるで槍の如く強烈な雨が降り出して、ゴロゴロと雷の音を鳴らしながら、豪雨が帝国を襲った。地上からは悲鳴を上げながら人々が家屋に逃げ込み、軍も行進を止めたのが見える。

ルシアンもミランダもアルルも上空で雨に打たれながら、その様子を見つめた。

恐ろしい数の雷が彼方此方に落ちまくり、轟音が鳴り続く。

ルシアンがミランダを力強く抱きとめた瞬間に、突風が吹き出した。風は地を這《は》うように吹き荒れ、上空のスピカも煽られて体が大きく揺れている。まるで荒れ狂う海を航海するような恐怖と、ミランダは戦った。

何かが砕け散る音がして慌てて顔を上げると、雷によって帝国の城である要塞の天辺《てっぺん》が吹き飛んでいた。続けて二発、三発、と集中的な落雷を浴びて、城壁が積み木のように崩れていく。

遠くで土砂が雪崩れる音、河川が氾濫《はんらん》し橋が崩落《ほうらく》していく音も重ねて聞こえる。まるで破滅への重奏のようだ。

「ひっ……」

ミランダは猛烈な嵐に恐怖で歯を鳴らして、ルシアンを振り返った。

透明なルシアンの姿は見えない。だが、耳元でバリトンの声が囁いた。

「このまま帝国を滅ぼそうか？　この国は今回の侵攻を止めても、またいずれ他国を攻めるだろう。ザビ帝国の皇帝は愚かな人間だ」

その静かな声にミランダは背筋を凍らせた。この嵐が何日も何週間も続けば、帝国は本当に滅びるだろう。

「だ、駄目です。ザビ帝国の国民に罪はありません。それに、帝国は他国を侵略し、他民族を奴隷として搾取《さくしゅ》する慣習があります。いつか解放を願うその人たちも死んでしまいます」

ルシアンは「うむ」と頷いた。

「花嫁の言う通りにしよう。ならば、今回は予定通り足止めだけだ」

言い終わるとともに、何発もの雷が帝国城に落ちた。空が白むほどの威力にミランダは悲鳴を上げた。

「ルシアン様⁉　城が崩壊します！」

「半壊させるだけだ。帝国はしばらく要塞の修復とインフラの立て直しに労力を取られて、戦争どころではなくなるだろう」

ドシッ、ビシィッと音を立てて、帝国城は原形を崩していった。

ルシアンは限界を見極めるように目を細めて、容赦《ようしゃ》のない雷を追加していく。

「権力を誇示《こじ》してこんな高層の要塞を建てるから、雷が落ちるのだ。竜族を手玉に取ろうなどと目論《もくろ》む生意気な青二才の皇帝め……俺を支配できると思うなよ」

理性的なふりをしながらしっかり私怨《しえん》を晴らしている竜王に、アルルは苦笑いのまま蛮行を見守った。

◇◇◇

ミランダはもう、一歩も動けなかった。

まるで長い船旅の後のように、竜の揺れに酔っていた。

自分が付いていくと言ったからには弱音を吐かないように気を張っていたが、竜族の森に帰って竜王城に着いた途端に、腰が砕けてしまった。雷の衝撃で目がチカチカして、耳鳴りがやまない。

ルシアンは花嫁の不調にオロオロとして、船酔いが良くなる茶を煎《せん》じると言って、ビショ濡れのままキッチンに飛び込んだ。

「お妃様、大丈夫ですか？　雨風に晒された上に、かなり揺れましたからね」

アルルは心配して、山ほどのタオルを差し出している。

ミランダはタオルに包まって、ソファで横になっていた。

「アルル君は大丈夫？」

「僕や竜王様は雨にも揺れにも慣れっこですから」

「すごいのね……」

「お妃様の方がすごいですよ。人間なのにこんな蛮行に付き合って。それに……」

アルルはキッチンの方を見て、声を潜《ひそ》めた。

「お妃様が社会学をお勉強されている方で良かったです。竜王様は極度の人間不信なので、お妃様が止めなければ、好戦的なザビ帝国をあのまま消滅させてもおかしくなかったです」

「そんなまさか……」

と言いつつ、積み木崩しのように城を崩壊させる雷には、相当な怒りが籠もっていたのは確かだった。

「ミランダ！」

涙声でルシアンがお茶を運んで来て、アルルは下がった。

さっきまで嵐を振るっていたのが嘘のように、ルシアンは打ちひしがれていた。

「ああ、やっぱり連れて行くんじゃなかった。花嫁を酷い目に遭わせてしまった」

酷い目に遭ったのはザビ帝国城ですよ……という言葉を飲み込んで、ミランダは微笑んだ。

「慣れない嵐に驚いただけです。ルシアン様、まずはお身体を拭いてください」

「俺の身体など、どうでもいいのだ。どうせ風邪などひかないのだから」

ミランダは柑橘《かんきつ》やミントが香るお茶を受け取って、爽やかな湯気をゆっくり吸い込んだ。

「いい匂い。気持ちがスッとします」

ルシアンは床に屈《かが》み込んで、こちらを涙目で見上げている。まるで濡れた子犬のようでミランダは切なくなっていた。

お茶をひと口飲んでサイドテーブルに置くと、タオルをルシアンの頭に被せた。

「お身体が冷えてしまいますから。ほら、角もこんなに冷たい」

「……うむ……」

ルシアンは複雑な顔をした後、タオルで髪を拭いてもらう気持ち良さに目を伏せた。

「俺は風邪もひかないし、怪我もすぐに治る体質だ。だが花嫁の具合が悪いと、俺は元気がなくなる」

自分でも戸惑っているであろう感覚を素直に告白していた。

「それは私も同じです。元気がない竜王様を見ると切ないですから」

「じゃあ……一緒なのか」

「はい」

澄ました顔をしているが、やはり口角が上がるのを隠せないようで嬉しさが溢れていた。

ミランダは胸がキューンと締め付けられて、タオルごとルシアンの頭を抱きしめた。

「ルシアン様は可愛いですね」

「か、可愛い？　俺が？」

「ええ。とても」

ミランダの胸に抱かれながら、ルシアンの冷えきった頭が温かくなっていくのがわかる。ルシアンは顔を伏せたまま小声で呟いた。

「ミランダは、敵国とはいえ人間にあんな攻撃を仕掛けた俺が怖くないのか？」

「嵐や雷は恐ろしかったけど、ルシアン様は怖くありません。だって、ベリル王国や北の地を救うためにしてくださったことじゃないですか。それに、滅ぼさないでという私のお願いも聞いてくださいました」

ルシアンは戸惑いながら心中を吐露した。

「俺は……幼い頃に人間たちから裏切りや弾圧にあって、人が信じられなくなった。祖国から逃れてもザビ帝国のように侵略や戦争をする国ばかりで、人間の社会に失望もしていた」

　顔を上げてミランダを見つめるルシアンの瞳は熱を持って、金色が色濃く揺れている。

「だがミランダは、自分が酷い目に遭ったにもかかわらず、敵国にいる弱者を思いやれる優しい人間だ。俺はそんなミランダが好きだし、ミランダのためならもう少し……人間を信じてみたいとも思える」

「ルシアン様……」

　怒りのままに一国を滅亡させようと考えるほど、ルシアンの人間への不信は強い。祖国のユークレイス王国でどれだけ酷い目にあったのかと考えると、ミランダの胸も怒りと悲しみで苦しくなっていた。それでも人間との関係をもう一度見つめ直そうとしてくれるルシアンに、ミランダは人として、竜族への深謝の気持ちでいっぱいになっていた。ルシアンの傷ついた心が少しでも癒されるよう願いを込めて、ミランダは夜空色の髪と額に優しく口付けた。

◇◇◇

　それから数日後。

　聖女フィーナの予言が実行される日がやってきた。

　だが、その日になっても、貴族の馬車が襲われることはなかった。

次の予定がきても、川が毒物で穢れることはなかった。

また次の予定にあった大火事も、起きなかった。

そして……ザビ帝国は突然の嵐によって壊滅的な被害に遭い、自国の復興を優先するため、北の地への侵攻はなくなった。


「ちょっとぉぉ！　どういうことよ‼」

聖女フィーナは苛立って、聖書を自室の壁に叩きつけた。

ここはベリル王国の宮廷の一室で、王太子の婚約者のために用意された部屋だ。

前回の予言の会で披露した予知はすべて外れて、貴族の間では安堵の空気が広がるとともに、聖女の不調説も噂されていた。

フィーナが懺悔室で落ち会うはずだったスパイの仲間も現れず、新たな予言を入手できなかったために、次の予言の会も延期にするしかなかった。

「あいつら、まさかしくじったの⁉」

フィーナは嫌な予感で落ち着きなく爪を噛むが、仲間が王国に捕まった気配はない。何か不具合があって、災難の実行がされなかったのかと考える。

「婚約発表のタイミングで大きな予言を当てて、箔《はく》をつける計画だったのに……あの役立たず共が！」

仲間への苛立ちが収まらず、続けてクッションを投げつけた。

フィーナは興奮したままソファに乱暴に座り、脚を組んだ。フィーナがここしばらく心が荒んでいる理由は他にもある。

ジョゼフ王太子との婚約が決まってから、宮廷での妃教育が始まったのだ。

王太子妃として相応しい婚約者になるべく、マナーや社交、社会学に言語、ダンス……覚える物が山とある。それは予知能力者といえども、免除《めんじょ》されるものではなかった。元婚約者の侯爵令嬢を陥れて立場を乗っ取るまでは快感を感じていたが、それからの煩《わずら》わしさは想定外だった。

しかも、出来が良かったらしいあの侯爵令嬢と自分を比較して、嫌味や陰口まで言う教師や王族関係者もいる。

竜の餌にしてもなお目障りな元婚約者に、フィーナは歯軋《はぎし》りをした。

「私が王太子妃となった暁《あかつき》には、無礼な奴も目障りな奴も皆、あの令嬢のように陥れて処刑してやる。見ていなさい」

目前にある権力に酔って、快楽の笑いが込み上げてきた。

立ち上がって鏡に向かい、淑女の笑顔を作ると、自分に言い聞かせる。

「婚約発表の日まで、あと少しよ。この宮廷で存分に贅沢をしながら、予知力を持つ王太子妃として王政を操り、この国を私の思い通りにしてやる」

ノックの音が鳴って、侍女が入って来た。

「ジョゼフ王太子殿下がお見えです」

ジョゼフ王太子が現れると、フィーナは一層、淑女らしく取り繕った。いつも通りの優しい笑顔に、ジョゼフ王太子は嬉しそうだ。

「フィーナ。珍しく、今回は予言通りの災難が起きなかったね」

「え、ええ。どうやら私の祈りの力が強く作用して、災いそのものが消えたようですわ」

「素晴らしい！　フィーナは王国を救う女神だ！」

歓喜するジョゼフ王太子に笑顔を向けたまま、フィーナは王太子のジャケットのポケットを指した。

「スペードのクイーンですわ。殿下」

ジョゼフ王太子は満面の笑みで、ポケットからトランプのカードを出した。

「凄い！　また当たった！」

隠したカードをフィーナが読む遊びを好んで、ジョゼフ王太子は毎日、自分のポケットにトランプカードを仕掛けていた。

「フィーナ、やっぱり君は不調なんかじゃないよ！　来週の予言の会も開いたらどうかな!?　皆、君の予言を待ち望んでいるよ」

「そ、それが、私、婚約発表を前にきっと緊張しているのですわ。予知に集中できなくて」

「そうか……それじゃあ仕方ないね。予言の会はやっぱり延期にしよう。フィーナが僕の妃になってくれれば、ずっとこの国の未来を見てもらえるのだから、焦ることはないね」

「私がこの王国と民を守ってみせますわ。ジョゼフ王太子殿下」

ジョゼフ王太子は安堵と喜びで舞い上がって、フィーナを抱きしめた。

第九章 ✦ 復讐の舞踏会

夕食を終えた竜王城で、ミランダとアルルは唖然として突っ立っている。

ルシアンが街から大荷物を持って帰って来たかと思ったら、応接間でいそいそと、大量の梱包《こんぽう》を解きだしたのだ。

大きなトランクを開けて取り出した物を見て、ミランダは思わず声を上げた。

それはキラキラと輝く、ゴージャスなドレスだった。

その横には美しい靴やジュエリーも並んだ。


アルルは我慢できずに突っ込んだ。

「ルシアン様？　このドレスはいったい何です？　結婚式ですか？」

その言葉に、ミランダはドキリとした。

自分で「私は竜王の花嫁です」と何度も言っておきながら、いざ「結婚式」と聞くと急に現実味を帯びて緊張してしまう。

「結婚式ではないよ、アルル。白いドレスではないだろう？」

ルシアンの言う通り、そのドレスはまるで夜の空から作られたような、黒と紫のグラデーションカラーだった。金色の見事な刺繍に綾《あや》取られ、星空のようにちりばめられたクリスタルビーズが輝いている。まるで悪魔の女王様が召《め》すような妖艶なデザインだ。

横に並ぶのはブラッド・ルビーのジュエリーと、黒いシルクの手袋、ドレスと同じ繊細なデザインのパンプス。すべてに迫力があった。

ミランダはメジャーで身体のサイズを測った夜を思い出していた。あのサイズを元に、ルシアンがドレスをオーダーしていたのだとわかった。

「さあ、ミランダ。これを着てみてくれ」

「わ、私が？　こんなにゴージャスなドレスを？」

戸惑うミランダから離れて、ルシアンは応接間を出て行った。

「俺も着替えてくる。アルル。ミランダを手伝ってあげてくれ」

「は、はい！」


悪魔的な存在感のドレスに気圧されながらも、ミランダは言われた通り、ドレスに袖を通した。

サラサラと夜空のように流れる生地の波間に見え隠れして瞬くビーズが美しく、ミランダは感《かん》嘆《たん》の溜息を吐いた。

真剣にサイズを測ってくれたルシアンのおかげで、ドレスは身体に綺麗にフィットして、自分のために作られた物なのだと実感する。

まるで芸術品のような造形のパンプスも足にしっくりと合った。

ブラッド・ルビーのイヤリングを着けて、アルルにネックレスとドレスのホックを留めてもらった。

大きな鏡の前に立って、ミランダは目を見開いた。

そこにはまるで別人のような、ドレス姿の自分が映っていた。

アルルは隣で一緒に鏡を覗き込んで、歓声を上げた。

「うわぁ、お妃様！　お似合いですよ！」

アルルの言う通り、迫力のドレスはまるで計算されたようにミランダの薔薇色の髪と、ダークなルビー色の瞳を惹き立てていた。陶器のように白い肌と黒い生地のコントラストが、品性と魔性の両面の美しさを表していた。

「これが……私？」

不思議なことに、自分の性格まで凛と気高い女性に生まれ変わるようだ。装《よそお》いの魔法にかかったミランダはうっとりと鏡を見つめた。


ノックの音が鳴って、ルシアンが戻って来た。

ミランダと同じデザインの燕尾服《えんびふく》を粧《めか》し込んでいる。

黒のジャケットには金の模様と、シャツにはブラッド・ルビーのブローチとカフス。妖しく悪魔的な貴公子の衣装は美麗なルシアンによく似合って、いつもの迫力はより増していた。

「素敵」「綺麗だ」

二人は同時に声を被らせて、互いにしばらく見惚れあっていた。

ルシアンはミランダに歩み寄り、跪いて手にキスをした。

「ミランダ。俺とダンスを踊ろう」

「ダ、ダンス？」

「ああ。復讐の舞踏会だよ」

ルシアンが立ち上がり、ミランダの腰を引き寄せて手を取った。

音楽のない応接間で、まるで音楽が聴こえるかのようにルシアンはミランダを導いて踊った。

正確なリズムが体に伝わって、軽やかに手足が動く。クルリと回れば夜空のドレスが鮮やかに宙に舞い、仰け反れば星が瞬いた。

ドレスと一緒にクルクルと回るうちに、ミランダは楽しくなって笑いながら踊った。目の前のルシアンは気取ったり微笑んだり。離れて、またくっついて。

ミランダの中でルシアンへの恋心が高まって、溢れるようだった。

◇◇◇

深夜になって。

ミランダはベッドに横になっている。

はしゃいで踊りまくって、体はふわふわと疲れていた。今まで社交の場で踊ったどのダンスとも違って、楽しく情熱的な夜だった。

窓辺ではアルルが灯りを手に、ミランダの代わりにカーテンを閉めている。

こまめにお世話をしてくれるアルルの小さな背中に声を掛けた。

「アルル君。いつも面倒をかけてごめんなさい」

アルルはベッドの横にある椅子に座ると、灯りをサイドテーブルに置いた。

「ルシアン様はダンスがお上手でしょう?」

「ええ。驚いたわ。いったいどこで習ったのかしら」

「先代の竜王ですよ。ルシアン様がユークレイス王国から九歳の時にこの城に来た頃には、もうお爺ちゃんだったらしいけど、とても厳しい方だったようです。ダンスにマナー、勉強に竜王学。竜と能力の使い方も全部叩き込まれたと」

「まあ。スパルタ教育だったのね」

「竜王たる威厳《いげん》、というのが口癖だったらしいです。僕だったら、くじけちゃったかもしれません」

ミランダはクスクスと笑う。

「先代が亡くなってから何年か、ルシアン様はお一人でこの竜王城で暮らしていました。僕がここに来た頃は、それはそれは嵐が吹き荒れて……寂しさで心が狂ってしまったそうです」

「お城に引きこもっていたのは、その頃からなのね……」

ミランダはあの豪雨の凄まじさを思い出して、胸が痛んだ。

祖国の弾圧から逃れ、迎えてくれた竜族の家族を失ったルシアンの悲しみは計りしれない。その頃から、貢ぎ物に愛があると信じてすごしていたのだろうか。

「僕が竜王城に来て嵐がやんで。それでもやまない雨が、お妃様のおかげでやんだのです」

「そんな。アルル君がいてくれたから、ルシアン様は立ち直れたのだわ」

「僕は竜王様の配下で、竜族は竜王に仕えることに喜びを感じます。竜王様が楽しかったり、嬉しかったりすると僕は幸せなのです。だからお妃様。竜王様の花嫁になってくださり、ありがとうございます」

アルルは灯りを持って立ち上がり、扉に向かった。

「おやすみなさい、お妃様」

ミランダはルシアンとアルルの気持ちを想って、震える声を振り絞った。

「ありがとう……アルル君。おやすみなさい」

◇◇◇

ジョゼフ王太子と聖女フィーナの、正式な婚約発表の日がやってきた。

ベリル王国の宮廷では豪華な舞踏会が開かれて、王国中から名だたる貴族たちが一斉に集まった。燦然《さんぜん》と輝くシャンデリアに蝶が集まるように、着飾った人々が王城への階段に列を成した。

その中には、悪魔の女王様と王様のように、夜色の衣装を纏ったミランダとルシアンもいた。

ただし、透明である。

「ああ、ミランダ。何て美しいのだ。今宵《こよい》この舞台で一番美しいのは君だ。誰も敵うはずがない」

髪も化粧もバッチリと決めたドレス姿のミランダに、ルシアンは透明になった後も蝶よ花よと、のぼせっぱなしだった。

二人の間に挟まっているアルルはルシアンを押し戻して、小声で叱責《しっせき》した。

「ルシアン様！　いくら透明でも、周りに声が聞こえますよ？　お静かに！」

「だって、こんなに美しい花嫁だぞ。黙っていられるか」

緊張感のない押し問答に、ミランダは苦笑いする。

今夜はとうとう、ジョゼフ王太子の新しい婚約者のお披露目の日であり、ルシアン曰《いわ》く——。

「復讐の舞踏会」なのだとか。

透明とはいえ、かつて自分を処刑へと追いやった敵陣に乗り込むのに、ミランダは朝から酷く緊張していた。だが、惚気るルシアンの緩い空気の中で、冷静さを取り戻しつつあった。

あの牢獄から生贄台に出荷された夜に見上げた王城は、何も変わらずに聳え立っている。

まさかこの場所にもう一度自分が、しかも復讐のために訪れるとは思いもよらなかった。

眩しいほど豪華な舞踏会の会場に足を踏み入れながら、ミランダは手を掛けているルシアンの腕を強く引き寄せて、ピタリと寄り添った。温かい体温と逞しく背の高い身体に安心感をもって、そのままダンス会場の中央に進んだ。

心地よい音楽が身体全体を包んで、酩酊《めいてい》するように頭がふわふわとする。

ここでルシアンとあの応接間の夜会のように、思う存分踊ってみたい。

そう思うのはルシアンも同じなようで、アルルの肩に手を置いて下がらせた。

途端に透明だった二人の姿は現実に現れて、会場の真ん中に妖しげなカップルが登場した。

ルシアンはミランダに見惚れながら手の甲にキスを落とし、ミランダもルシアンをうっとりと見つめて、二人だけの世界ができていた。


「さぁ。復讐の舞踏会の始まりだ」


宮廷に鳴り響く一流の音楽は、ミランダを別の世界に誘った。

ステップを踏んで回転し、身体を預けて、ルシアンと同化してしまうような錯覚さえあった。

夜色のドレスはシャンデリアの灯を映して一層、煌びやかな瞬きを魅せた。

見たこともない妖しい美男美女の華麗なダンスに、周囲の者は見惚れた。その輪は大きくなって、見物の人数が増えていく。

あれは誰、素敵、と浮ついて観賞していた人々の中から一人、また一人と、その美女がミランダであると気づき、まさかと凝視《ぎょうし》する者が増えてきた。

歓声がざわつきに変わる頃、曲がフィニッシュを迎えて、ルシアンは仰け反るミランダを支えた。ミランダは天井を仰ぐ姿勢のまま、前方に懐かしい人物の姿を見つけた。

ジョゼフ王太子が聖女フィーナを連れて、真っ青な顔で立ち竦んでいたのだ。

事情を知らない観客たちが見事なダンスに盛大な拍手を送る中、ルシアンとミランダはゆっくりと、ジョゼフ王太子の方を向いた。


「そんな……まさか……ミ、ミランダなのか？」

自分が罰し、婚約を破棄し、竜の生贄となって死んだはずの元婚約者が、確かにそこにいた。

それどころか、得体の知れない迫力の貴公子と、ただならぬ関係のように寄り添っている。しかも、ミランダのその美貌《びぼう》は以前よりもさらに妖艶となって、目も眩《くら》むような美しさだった。

隣にいる聖女フィーナは顔が引きつったまま、固まっていた。生意気そうだった侯爵令嬢はまるで悪魔に昇華した姿となって、凛とした視線をこちらに向けている。聖女の清楚さをアピールする自分のドレスがやたらに陳腐《ちんぷ》に感じるほど、ミランダの存在感が強い。

「これはこれは、ジョゼフ王太子殿下。いつも美味しい貢ぎ物をありがとう。俺は竜族の王、ルシアン・ドラゴニアだ」

ルシアンの挨拶は音楽が止まった会場で大きく響いて、どよめきが起こった。

いつの間にか、宮廷の外は土砂降りの雨になっている。

ジョゼフ王太子は目を見開いて仰け反った。ルシアンを指す手が震えている。

「りゅ、竜族だと⁉　人間ではないか！」

「おぼっちゃんは知らないだろうが、竜を統《す》べる王は代々、人のカタチだ。君が知っている竜はこんなだろう？」

テラスの吹き抜けの高い天井から、オォーン、と高速で何かが近づいて、巨大な火竜アンタレスが舞踏会の会場に落下した。正確には着地をしたのだが、あまりの大きさに周囲のテーブルも人もご馳走も、風圧で吹き飛んでいた。

「キャ――⁉」

ご婦人たちの絶叫が響いたが、外は激しい嵐と雷が壁となって、誰もが会場から逃げ出せずに、その場にへたり込んだ。

「りゅ、竜だ‼」

「食われるぞ‼」

取り乱す人々の悲鳴の中で、竜は既に人間を咥えていた。

ペッ、と吐き出すと、男が三人、縄で一塊《ひとかたまり》に縛られたまま転げ落ちた。

服が焦げ、髪はグシャグシャで、痣だらけの男たちはまるで何週間も苦難に遭ったような格好だ。ジョゼフ王太子は異様な姿に驚いて飛び退いた。意味がわからない、と首を振っている。

「こいつらを知っているのは、偽の聖女だけだ。なあ。イカサマ師フィーナよ」

ルシアンの声に、全員が聖女フィーナを振り返った。

フィーナは別人のように顔を引きつらせたまま、小刻みに震えていた。顔色が土色になっていて、急に老けたようにも見える。

ジョゼフ王太子がフィーナに声を掛ける前に、縛られた三人の男の一人が大声を上げた。

「フィーナ！　助けてくれ！　俺たちは何日も洞窟で監禁されて、あの化物に拷問されたんだ！もう何もかも終わりだ‼」

フィーナは首を振っている。

「知りませんわ。こんな男たち……陰謀《いんぼう》よ。全部嘘だわ」

「フィーナ！　俺たち黒焦げにされちまう！」

「知らないったら！　穢らわしい！」

ルシアンは面倒そうに「ハァ～」と溜息を吐いた。

「偽聖女フィーナはザビ帝国のスパイで、この男たちはその仲間だ。雷を何発か落としたら、全部吐いたぞ。フィーナは元々持っている微弱な予知力を生かして、カジノでカードを盗み見るイカサマ師をしていた。その腕を自ら帝国軍に売り込み、スパイに抜擢《ばってき》されたらしい」

フィーナは唇を噛み締めて黙り込み、ジョゼフ王太子は愕然としてフィーナを凝視した。

「そんな。嘘だろう？　フィーナ……だって君は、災難の予言を……」

ルシアンは懐から巻物の紙を出して、上から読んでいった。

「教会の火災、馬車強盗、落石事故、橋の崩落、貴族たちの事故死……」

長い文章の途中で、紙を放り出した。

「すべて自作自演の災難だ。こいつらが犯罪を指示して起こし、事前に知っていたフィーナが予言した」

「そ、そんな……」

ジョゼフ王太子は腰を抜かして床を這って、放られた紙を掴んだ。血走った目で犯罪の一覧に食い入っている。リストの中には、ミランダの罪とされていた毒物の精製と混入、王室関係者の毒殺事件も入っていた。


ジョゼフ王太子がワナワナと手を震わせる姿を、ミランダは冷めた目で見下ろしていた。

あまりに惨めで、愚かで、ミランダは怒りを通り越して哀れみさえ感じていた。

政略的に決められた婚約相手のジョゼフ王太子に恋心を抱いたことはなかったが、ミランダは未来の王太子妃として責務《せきむ》を果たし、伴侶《はんりよ》として愛を込めて支えようと努力をしてきた。

だがジョゼフ王太子は、窮地《きゆうち》に陥った婚約者からたった一度も話を聞かずに、最後までイカサマを信じて疑わなかったのだ。

皮肉なことに、ジョゼフ王太子の頭上には悪意のモヤが見えなかった。純真な気持ちで奮《ふる》ったであろう正義感が、ミランダにはより薄っぺらく思えた。


感情を表さない冷酷な瞳のミランダを、ジョゼフ王太子はまるで傷ついたような顔をして見上げた。涙を溜めて赤い顔をしている。

「捕えろ……フィーナと男たちを、ひっ捕えろ！」

ミランダを見つめたまま、訴えかけるように叫んだ。

呆然としていた兵士たちは我に返って駆けつけて、大声で叫びまくるフィーナを取り押さえた。

聞くに耐えない金切り声が遠のいて、ジョゼフ王太子はその間もずっと、ミランダを見上げていた。

「ミ、ミランダ。僕はっ……」

詫《わ》びるのか、弁解なのか。

這いつくばったままのジョゼフ王太子の言葉は、ルシアンが途中でミランダの腰を引き寄せて、邪魔をした。

「俺の花嫁と勝手に話さないでくれ」

「は……？　花……嫁？」

「お前はポンコツなおぼっちゃんだが、こんなに美しい花嫁を俺にくれたから少し感謝しているぞ」

ジョゼフ王太子は乾いた唇を開けたまま、言葉を失った。

そんなジョゼフ王太子の向こうには、呆然と立ちすくむ王と王妃がいる。

ルシアンは会場に大きなバリトンの声を響かせた。

「聞け。愚かな人間どもよ！　俺は今日、このベリルの地を焼き尽くしに来た！」

静まりかえった宮廷に、再び恐怖の悲鳴が沸いた。

「だが、竜王の花嫁となったこのミランダ・ブラックストンに免じて、国は滅ぼさずにおいてやる。今後また頭のおかしな振る舞いをすれば、竜王の手によって永久の焦土になると覚悟しておけ！」

風がルシアンの髪を舞い上げて、黄金色の瞳が獣のように光っていた。

真後ろにいる巨大な火竜アンタレスは竜王に呼応《こおう》するように、炎を纏った牙を剥き出して睨んでいる。グルグルと鳴らす威嚇《いかく》の音は、広い空間を不気味に震わせた。

あまりに恐ろしい絵に王と王妃は頷きながら抱き合って、そのままゆっくりと床にへたり込んでいた。


「さて」

ルシアンはミランダを見下ろすと、いつもの気取った笑顔に戻っている。

「我が竜王城に帰ろう。俺の花嫁よ」

「はい。ルシアン様。私も早く帰りたいです」

ルシアンは嬉しそうにミランダの手を取って、伏せた火竜の上に登った。

「ま、待ってくれ！　ミランダ！　行かないでくれ！」

浮き上がった竜の旋風の中で、ジョゼフ王太子は髪を乱しながら追いかけて来た。地上で必死に何かを叫んでいるが、ミランダはもう、この場所に興味を失っていた。

「ごめんあそばせ」

その言葉を最後に、巨大な火竜は竜王と花嫁もろとも、忽然と消えた。

おぉ、と驚きの声が上がる中、ジョゼフ王太子は一人抜け殻のように天を仰いでいた。

◇◇◇

火竜アンタレスは、ルシアンとミランダ、そしてアルルを乗せて夜空を飛行する。

アルルは先頭で手綱を持って笑っている。

「これでザビ帝国の侵略計画は、すべておじゃんになりましたね」

「ああ。俺はベリルの王族が侵略されようが滅ぼされようがどうでもいいが、ミランダの故郷の思い出がなくなるのは嫌だからな」

夜空の月や星に見惚れているミランダを膝の上に乗せているルシアンは、抱き寄せて髪に顔を埋めた。

「はぁ〜。やっぱり俺の花嫁が一番綺麗だった」

ミランダは相変わらず惚気てばかりのルシアンにクスクスと笑っている。ルシアンと一緒にいると自分まで竜のように強《したた》かになるようで、復讐の舞踏会も夜の飛行も、恐れるどころか愉しむ余裕さえ感じていた。

ルシアンはそんなミランダを見つめて、指で頬を撫でた。

「不思議だ。何故、ミランダはどんどん綺麗になるんだ？」

「女の子って、そういうものですよ」

「凄いな、女の子は。どういう仕組みなんだ」

謎だらけのルシアンの耳元に近づいて、ミランダは囁《ささや》いた。

「貴方《あなた》に恋をしているからです。竜王様」

顔を正面に戻すと、ルシアンの黄金の瞳はキラキラと純粋に輝いていた。同じ色の大きな月を背に、二人はそっと近づいて、初めて口付けを交わした。


アルルは背後でイチャイチャしている気配に赤面している。

「も～。二人とも、落っこちないでくださいよ？」

夜空から見下ろす竜王城は、晴れの顔で三人を迎えた。

勘違いから始まった竜王と花嫁の新婚生活は、愛と幸せの予感に溢れている。

第十章 ✦ 花嫁と虹の宝石

復讐の舞踏会を終えて。

まるであの蛮行の日々と断罪劇が嘘だったかのように、竜王城には平和が戻っていた。


祝杯と称してルシアンが作ってくれた豪華なディナーを食べて、すっかりお気に入りとなった火竜の湯を堪能《たんのう》して……。

ネグリジェに着替えたミランダは、自室の窓を開けて星空を見上げていた。涼しい風と満天の煌きにうっとりとしている。

「今日も星が綺麗……心穏やかに美しいものが見られるって、なんて幸せなの」

自身の冤罪もベリル王国の危機も解決し、恐怖や不安がすっきりと晴れたミランダは、身体まで軽くなったように感じていた。

ふわふわと回転しながらベッドに近づいて、軽やかにダンスの決めポーズをして。ポフン、とベッドに座った。あの舞踏会の夜のダンスが頭に焼き付いて、ずっと夢を見ているようだ。

「はぁ……素敵だったわ。ルシアン様」

豪華なシャンデリアを背景に鮮やかに輝く夜空色の髪を、優しく支えてくれる逞しい腕を、自分を真っ直ぐ見つめる金色の瞳を……何度も思い出して、ミランダはそのたびに惚けていた。

コンコン！

回想の最中にノックの音が鳴って、ミランダはハタと現実に戻った。

自分のおのぼせぶりが筒抜けの気がして、慌ててベッドから立ち上がる。

「はいっ！」

勢いよくドアを開けると、ルシアンが立っていた。空想の中の張本人が現れて、ミランダは飛び上がるほど驚いた。

「ルッ、ルシアン様！　どうなさったんですか？」

湯上がりのルシアンはやっぱりラフなシャツを着ていて、相変わらず色っぽい。夜間に自室を訪ねてくるのは珍しいので、ミランダの鼓動は加速した。

ルシアンは唇に指を当てて「しー」と言いながら、室内に入った。どうやらアルルに内緒でここに来たらしい。

気楽な様子で室内を見回し、そのままベッドに腰掛けるルシアンに、ドアを閉めたまま立ち尽くすミランダは緊張して固まった。ルシアンはいつもの涼しげな顔だが、その瞳は悪戯っぽく挑戦的な色を浮かべていた。

「えっと……」

ミランダの頭は高速で回って、正解を探した。

こんな夜更にルシアンはいったい、ここに何をしに来たのかを。

ルシアンはずっとミランダを「花嫁」と呼んでいるし、自分も「花嫁」を名乗っている。アンタレスの上で大胆にも恋心を告白してしまったし、キスも……交わした。

ルシアンはひょっとして、その先の「花嫁の仕事」を求めてここに来たのでは？　とミランダの頭は答えを出して、沸騰するように真っ赤になっていた。

「ミランダ。秘密を覚えているか？」

ルシアンの意味ありげな質問に、ミランダはますます慌てた。

「えっ？　ひ、秘密、ですか？　な、何でしょう」

「ふふ……金塊のおやつだ」

思ってもみなかった答えに、ミランダは目を丸くした。

あの鉱物が乱反射する、夜の洞窟を思い出す。

「あっ、あの、鉱物を食べる竜……シリウスの？」

ルシアンが頷いて、ミランダはドッと肩の力が抜けると同時に、見当違いな推測《すいそく》をした自分が恥ずかしくなった。

ルシアンはポケットに手を突っ込むと、金色に光る丸い物を出して見せた。

それはミランダが幼い頃から見慣れた物だった。

「ベリル王国の……金貨？」

「ああ。先ほど森の端で竜が侵入者を知らせたので、アルルが生贄台を見に行ったのだが……これが山ほど積んであったのだ」

「いったい誰が、そんな大金を？」

「冤罪によって生贄となったミランダへの慰謝料と竜族への迷惑料だと、国王からの謝罪の手紙にあった」

「国王直々の謝罪ですか⁉」

「ククク……王が己のマヌケを認めて、金を差し出したのだ」

掌でジャラジャラと金貨を転がすルシアンに、ミランダは唖然とした。

「それを……シリウスのおやつにして、またギャンブルをするおつもりですか？」

「ああ。アルルにバレないよう、少しくすねて来た」

ルシアンの悪戯っぽく挑戦的な瞳の理由がわかって、自分の勘違いぶりにミランダはお腹を抱えて笑った。ひとしきり笑って頭を上げると、いつの間にかルシアンは目の前にいて、ミランダの顔を興味深げに覗き込んでいた。間近の金色の瞳にのまれるように、ミランダは再び固まった。

「さっきから赤いほっぺが可愛いな。湯でのぼせたのか？」

「え、あう、あ、はい」

まるでミランダの心も金貨と同じように掌で転がされているみたいで、またドキドキしていた。


二人はマントを羽織ると、アルルに気づかれないように竜王城を抜け出して、スコーピオに乗って夜空を飛んだ。

シリウスの住む洞窟に到着すると、ミランダはルシアンに手を引かれて中に入っていった。

ここに来たのはあの秘密の夜以来だが、内部はやはり鉱物で美しく輝いていた。

ドシドシ……。

ルシアンの匂いを嗅ぎつけて、鉱物竜のシリウスが足音を立てて奥から走って来た。

ハリネズミのような背中の鉱物が乱反射して、洞窟内が明るくなる。

「よ〜しよし、シリウス。お前は鼻がいいな」

ルシアンのマントに、また顔を突っ込んでいる。

「今日は珍しい、ベリル王国の金貨だぞ」

シリウスは掌に載せた金貨にしゃぶり付くと、まるでドッグフードでも食べるみたいに、カリカリと音を立てて咀嚼した。

その間にミランダは一生懸命、シリウスの背中を覗いた。

眩しくてよく見えないが、何種類かの鉱物の結晶が共生していて、透明や水色や、淡いグリーンに輝いている。もっと背中のてっぺんを見ようと岩の上に立つミランダを、ルシアンは見上げた。

「ミランダ。何をしてるんだ？　危ないぞ」

「あの大きな金塊を食べさせた後に、ギャンブルの結果がどうなったのか見ているのです。希少な結晶が現れたかもしれません」

「ああ、あれか。あの後、俺が一人で確認しに来たら、珍しい結晶が背中に付いてたんだ」

「え⁉　ルシアン様、一人で見たのですか⁉」

「ああ。ほんの小さな結晶が、蕾《つぼみ》のように水晶にくっついていた。それを街の宝石店に持ち込んで鑑定《かんてい》してもらったら、鑑定士曰く未知の宝石だったんだ」

「えええ！　私も見たかったです！　まさかその宝石を、売ってしまったのですか⁉」

「ハハハ、俺はシリウスギャンブルの賭けに勝ったのだ！　大儲《おおもう》けだぞ」

「そ、そんな！」

ミランダは自分がその宝石を見られなかった悔しさで興奮して、岩から滑り落ちていた。

「きゃっ……」

ルシアンはそれを支えて、間近で笑った。自信に満ちた笑顔が優しく自分を見下ろしていて、ミランダは時を止めて見惚れた。

「嘘だよ」

「え？」

「ミランダに見せるために、ここに持って来ている」

「ほ、本当に⁉」

ルシアンはマントの内ポケットに手を入れると、ベルベットでできた小さな箱を取り出した。

期待で瞳を輝かせるミランダの目前でその箱はそっと開かれて、辺りは途端に、虹色の光に照らされた。

「虹……！　虹の宝石だわ！」

それは澄んだ透明の結晶の中に、水色やピンクや黄色、淡い色をいくつも現す、虹色の宝石だった。ミランダはあのお花畑で見た、大きな虹を思い出した。あの時の感動がこの結晶に詰まっているように見えて、胸が高鳴っていた。

あまりに神秘的な石なので、ミランダは夢中で見つめる最中でやっと、この宝石の下に美しい細工が施された、金色の輪があるのに気がついた。

「あれ？　これって……指輪？」

ミランダが呟いた時には、ルシアンは既に地面に跪いて、その指輪を箱ごとミランダに掲げていた。

「ミランダ。愛している。俺の花嫁になってくれ」

「え……え？」

ミランダは呆然として、これがプロポーズであると気づくのに、時間がかかった。気づいてからも硬直して言葉が出ない様子に、ルシアンは小首を傾げた。

「人間のプロポーズは……こうじゃないのか？」

「あ、そ、そうです！　合ってます……」

すべてが規格外の人外である竜王が、まさか人間らしいプロポーズをしてくれるなんて夢にも思わず、ミランダはだいぶ遅れて感激の波が押し寄せていた。

指輪を掲げるルシアンの手を両手で包んで、ミランダは辿々しく返事をした。

「わ、私を、竜王様の花嫁に、してください」

ルシアンは微笑んで指輪を箱から出すと、ミランダの左手の薬指にゆっくりと嵌めた。

指の上に星屑《ほしくず》が落ちたみたいに、シリウスの宝石はゆらゆらと虹色に輝き続けた。ミランダは震える自分の手を見つめた。

「綺麗……」

「硬度が高くサファイアに近い性質だが、どうやら新産の鉱物らしい」

「シリウスが生み出した貴石なんですね」

「ああ。よほど金塊が旨《うま》かったのか……世界にひとつだけのシリウス竜石だな。宝石商は散々売ってくれと言ってきたが、断って指輪に仕立ててもらった」

ミランダは反射する洞窟の天井に指輪を翳《かざ》したり、顔に近づけたり、虹の輝きの虜《とりこ》になっていた。

「こんなに美しい宝石を指輪にしてくださるなんて。嬉しい……」

潤んだ瞳で指に見惚れ続けるミランダを、ルシアンは抱きしめた。そのまま優しくキスをして、互いに虹色に輝く瞳で見つめ合った。

「花嫁よ。まずは人間式の結婚式を挙げよう」

「人間……式？」

「ああ。白いドレスを着て、誓いますか、ってやつだ」

どこで仕入れた情報なのか、大雑把なイメージだ。

「あの、人間式ということは、竜王式もあるのですか？」

ミランダの質問に、ルシアンは言い淀んだ。

「ん？　まぁな。白いドレスは着ないし、指輪もないし……あまり面白くないぞ。俺はとにかく、ドレス姿のミランダが見たいのだ。ミランダは何を着ても可愛いからな」

「でも、私は竜王様の花嫁になるのですから、竜王式を挙げた方がいいのではないですか？」

「いや……それはまた今度にしよう」

「また今度……？」

人間式と竜王式の二回式を挙げるのだろうかとミランダが考えるうちに、ルシアンは既にドレスで頭がいっぱいになっているようだった。

「よし、そうと決まったら、ウェディングドレスを仕立てるぞ！　うんと豪華なやつだ！」

◇◇◇

数日後――。
ウェディングドレスを仕立てるために、ルシアンとミランダはスコーピオに乗って、竜族の森からほど近い、スファレ公国へとやって来た。

国境の近くでスコーピオから降りると、そこには予約をしていたらしい馬車が待っていた。ミランダは御者《ぎょしゃ》に挨拶をすると、ルシアンに手を支えられて乗車した。

馬車は農村地帯を駆《か》けて、街に向かった。久しぶりの馬車でのお出かけ。しかもルシアンと一緒というのが新鮮で、ミランダは何度も景色が流れる窓と、隣の席を往復して見てしまう。

ルシアンはシックな色のスーツにネクタイを合わせ、帽子を被って竜族の角をカモフラージュしている。高貴な身なりをした青年に見えるルシアンと、まるで人間同士のデートをしている気分になって、ミランダははにかんだ。

「ルシアン様、見てください。ほら。虹がこんなに輝いてます」

馬車に差し込む朝日に照らされて、ミランダの指にある虹の宝石は美しい色を放っていた。

ルシアンはその手を取って指に口付けをすると、ミランダを見つめて金色の瞳を細めた。

「うむ。今日も俺の花嫁は可愛いな」

赤面するミランダとご機嫌のルシアンを乗せて、馬車は野花が咲き乱れる農道を進んだ。

しばらく牧歌的《ぼっかてき》な馬車の旅を楽しんだ後に華やかな街に到着し、ルシアンとミランダは馬車を降りた。

美しい石畳を挟んで洒落た店が並び、そこには靴やリボンの形をした看板が掛かっていた。

ミランダは地理の勉強はしても他国への旅行はしたことがなかったので、初めて訪れた国に舞い上がっていた。スファレ公国は小さな国だが貿易が盛んで、多民族が多く暮らす国だ。

「わあ、可愛いお店がいっぱいあります！　靴屋さんに、帽子屋さん！」

はしゃぐミランダをルシアンは嬉しそうに見下ろしながら、エスコートして歩く。

「スファレ公国の港には上質な絹や装飾品が輸入されるから、服飾関係の店が多いな」

「だから街並みがお洒落なんですね」

「周辺国から貴族が仕立てに来るほど、職人が多くいるらしい。先代の竜王の行きつけの店があって、俺もよく連れて来られたんだ」

「では、ルシアン様が通い慣れた街なのですね！」

「うむ……まぁな……」

ルシアンは曖昧に応えて、道の先にある、大きなショーウィンドウのある店を指した。

「あの店でいつも服を仕立ててもらっている。舞踏会でミランダが着たドレスも、測ったサイズに合わせて作ってもらった」

「そうだったんですね！」

ミランダはあの妖艶なデザインのドレスの出所がわかって、嬉しさでお店に駆け寄った。

高級感のある店舗のウィンドウには、これまた美しいドレスが飾られている。

ミランダが口を開けて魅入っていると、唐突に店の扉が開いた。

細い金縁《きんぶち》の眼鏡を掛けた青年が現れて、こちらを見下ろした。ビシッと金色の髪を整えて、上質な白いシャツとベストを着こなしている。首にはメジャーを掛けていて、見るからに神経質そう……いや、繊細そうな職人だ。惚けていたミランダは、慌てて背筋を伸ばした。

男性はミランダの後ろに視線をやって呟いた。

「ルシアン。立て続けに来るなんて珍しいな。雨でも降るのか？」


ミランダは仕立て屋の店に入って、店内を見回した。

多様なドレスやスーツが所狭しと置かれて、まるで絵の具のパレットのような鮮やかさに心が浮かれる。

そんな様子を、仕立て屋の男性はジッと見つめていた。

「まさかルシアンが、人間の女の子を娶《めと》るとはね」

いきなりウェディングドレスを発注されて、驚いた様子だった。

ミランダが振り返ると、男性は微笑んで挨拶をした。

「失礼。俺はこの仕立て屋の主、エリオ・リシャールです。祖父の代からの店を継ぎました。先代の竜王様からずっとご贔屓にしていただいています」

「ミランダ・ブラックストンです。よろしくお願いします」

背の高いルシアンの隣に立つエリオは同じくらいの背丈と年頃で、二人の関係はまるで幼馴染みのように親しく見えた。

「あの、ルシアン様とはお友だちなのですか?」

　ミランダの質問に、ルシアンが応えた。

「俺は友だちじゃなくて客だぞ。この人間は畏《おそ》れ知らずなのだ」

　エリオは構わず笑顔で続ける。

「彼とは子供の頃から顔見知りでね。いやぁ、あのルシアンが人間の花嫁をねぇ……」

「さっきからどういう意味だ?」

「だって、人間嫌いで引きこもりなのに」

「俺は人間を信用していないだけだ」

　二人のくだけた会話が新鮮で、ミランダは微笑ましく眺めた。

　エリオはミランダに近づいてくると、上から下まで、遠慮なく見つめた。

「ウェディングドレスを仕立てるなら、もう一度サイズを測り直した方が良さそうだ」

　ミランダの肩に触れようとしたエリオとミランダの真横に、いつの間にかルシアンが立っている。エリオはルシアンを横目で見た。

「近い、近い」

「俺の花嫁に……」

「触るなって?　服が作れないじゃないか」

　エリオは呆れて笑った。

その時、店の扉が開いて、女の子が入ってきた。

ミランダと同年代くらいの、金色の髪を頭の両サイドでお団子にした可愛い子だ。こちらに気づくと笑顔になった。

「あ！　竜王様⁉　お兄様、竜王様がいらっしゃるなら教えてくださらないと！」

「急に来たんだよ」

どうやらエリオの妹らしいが、飄々としたエリオと違って明るく元気な雰囲気だ。

ルシアンに駆け寄って、女の子は嬉しそうに挨拶をした。ルシアンは素っ気ないが、ずっと昔から知り合い同士だったような妙に親密な空気を感じて、ミランダは間近でヤキモキとした。明るい金髪に若草色の瞳が可愛らしく、ミランダとは真反対の印象だ。


エリオは手にしていたメジャーを首に掛け直した。

「丁度いい。妹のクレアに測ってもらおう。あの舞踏会のドレスは殆どクレアが作ったんだ」

ミランダはヤキモキから我に返って、慌てて挨拶をした。

「あ、わ、私はミランダ・ブラックストンです。あの、素敵なドレスをありがとうございました！」

「あなたが竜王様の花嫁ね⁉」

クレアはより笑顔を輝かせて、ミランダの手を取った。

「なんて素敵な方なの。竜王様とお似合いだわ！　ご婚約おめでとうございます！」

「あ、ありがとうございます」

ミランダはクレアから祝福を受け取って、勝手にヤキモキした自分が恥ずかしくなっていた。

(私ったら、クレアさんが可愛くてルシアン様と親しげだから、やきもちを焼いたの？)

ミランダは自分に驚いていた。こんな気持ちになったのは初めてのことだからだ。

(やきもちって、本当に火が着いたみたいな気持ちなのね。恥ずかしい……)

ミランダが一人で戸惑っているうちに、クレアはミランダの手を取ったまま、隣の部屋に誘導した。

「隣に工房があるのよ。女の子しかいないから、あちらに行って測りましょう」

気さくで優しいクレアにほっとして、ミランダは一緒に隣室に向かった。

後ろからルシアンも付いて行こうとするので、エリオは肩を掴んで止めた。

「男子禁制だよ」

「しかし花嫁がクレアと……」

「女同士にまで嫉妬してるのか？　重症だな。新郎の服も作るんだから、君はここにいてくれないと」

ミランダは背中の会話を聞いて、お互いにやきもちを焼いているのだとわかって笑いが溢れた。

隣室の工房は作り途中のドレスが点在し、彼方此方で制服を着たお針子《はりこ》の女の子たちが働いていた。作業台に広げられたカラフルな端切《はぎ》れやレースが華やかで、まるで花畑のようだ。

ミランダはクレアにサイズを測ってもらった後に、様々なデザインのドレスを参考に見せてもらった。

「ミランダさんはスタイルがいいから、どんな形のドレスも似合うわ。ああ、竜王様の花嫁の衣装を作らせてもらえるなんて、腕が鳴っちゃう……」

可愛らしい印象のクレアは途端に目の色を変えて職人の顔になると、真剣にドレスの形を吟味している。

（クレアさん、流石プロのデザイナーなのね。あんな素晴らしいドレスを作るのだもの。お仕事ができるって、格好いいわ）

ミランダは内心で、クレアの仕事への情熱に感嘆していた。


大きな鏡の前で、ネックのデザインやスカートのラインが違うドレスを、ミランダは試着させてもらった。ノースリーブ、ビスチェ、オフショルダー……ネックのデザインだけでも、沢山の種類がある。そしてスカートも、プリンセスラインか、Aラインか、マーメイドラインなのかで、印象がまったく変わる。何変化もするミランダの周りに、お針子たちも見惚れて集まってきた。

「わあ、お似合いですわ！」

「本当に。お姫様みたい！　マーメイドも大人っぽくて素敵ですね！」

口々に感想が上がって、ミランダは迷いすぎて目が回りそうだった。

クレアがデザインするドレスはどれもラインが美しく、細部まで凝っている。まるで一着ずつに物語があるように浪漫《ロマン》が溢れていた。

　クレアは呆然としているミランダを鏡の向こうから覗き込んだ。

「ミランダさんはどんなドレスがお好き？」

「わ、私、どれも素敵で……本当に迷ってしまいます。あの、ルシアン様のご意向を聞いて……」

　クレアは首を振った。毅然とした瞳が光っている。

「ダメです。これは花嫁のための、花嫁のドレスですから。まずはミランダさんのイメージを優先するのです。竜王様にご意見を伺うのは、方向性を決めてからにしましょう。竜王様はセンスが良い上に決断力がありますから、きっとミランダさんは流されてしまいます」

　ごもっともな応えとクレアの眼力に押されて、ミランダは呆然としたまま頷いた。


　それからしばらくの後――。

　やっと決まった方向性に、お針子たちはミランダを囲んで拍手をした。デザインを選んだだけなのに労ってくれる優しい女子の園《その》に、ミランダは照れた。

　クレアは興奮してスケッチブックにメモを書き取っている。

「バッチリだわ。絶対、可愛いわ。これにミランダさんがイメージする装飾でデザインすれば、もう完璧な花嫁だわ」

「あ、ありがとうございます。じゃあ、このデザインの方向でと、ルシアン様にもお見せして

「……」

「まだです！」

クレアは部屋の端にミランダを連れて行き、鏡の前の椅子に促すと、髪を結いはじめた。

「仮とはいえ、せっかく竜王様にドレス姿をお披露目するんですもの。ドレスに合わせた髪型にしましょう」

「クレアさん。ありがとうございます」

クレアは鏡越しで、ミランダに微笑んだ。

「ミランダさんのおかげで、竜王様がまたこの街に来てくださるようになって本当に嬉しいわ」

「ルシアン様は、こちらのお店に通われていたのではないのですか？」

「ええ。幼い頃はね……先代の竜王様が亡くなられてからは、ルシアン様はずっとお城に篭ってらしたから。兄と私が森のお城に採寸や納品に行っていたのよ」

「そうだったんですね……」

ミランダはアルルの言葉を思い出していた。

〝寂しさで、心が壊れてしまった〟と。

ルシアンを想って悲しげな顔をするミランダの肩に、クレアは優しく手を置いた。

「でも、大丈夫。竜王様にはもう、ミランダさんとアルル君という最愛の家族がいますから。それに、本当はこの街にも、竜王様を陰ながらお慕いする竜族の仲間が潜んでいるんですよ」

ミランダは驚いて、クレアを見上げた。

「本当に？　竜族の子は、みんな森のお城に捨てられるって、ルシアン様が……」

「ええ。王族や公族の子は家族ごと逃げるわけにいかないから、森にこっそり捨てられるそうね。庶民は竜族の子が生まれると、ユークレイス王国の弾圧を避けて、このスファレ公国に逃げてくるのよ」

　クレアは自分のお団子頭の片方を解いて、ミランダにそっと見せた。鏡には、金髪と同じ色の小さな金の角が輝いていた。

　ミランダは思わず目を見開いた。

「竜族……⁉」

「そう。不思議でしょう？　兄や両親にはないのに、祖父と私だけ角を持っていたの。竜族は先祖返りのように、ユークレイスの国民の中から突然に生まれるのよ」

　ミランダは初めてルシアンとクレアが並んだ時に、不思議と親密な関係に見えた理由がわかった。クレアはそんなミランダの気持ちを察するように念を押した。

「私が竜王様をお慕いするのは、竜族の配下としての本能だから安心してね？　竜王様にお仕えするアルル君のように、お役に立ちたいの」

　ミランダはやきもちがクレアにバレていたのが恥ずかしくて、真っ赤になって頷いた。


　隣の部屋では、ルシアンのサイズを測り終わったエリオがお茶の席を用意して、ルシアンを座らせていた。

「そんなに心配しなくても花嫁は戻ってくるから」

隣室を気にしてソワソワが止まらないルシアンにエリオは呆れている。

「それにしても引きこもりのくせに、どうやって人間の花嫁を見つけたんだ？」

「ミランダは貢ぎ物として生贄台に捧げられたのだ」

ルシアンの答えに、エリオは紅茶を咽《む》せた。


そのタイミングで、隣室から声が掛かった。

「ルシアン様。お待たせしました」

クレアの声が聞こえてルシアンが振り返ると、そこには白いドレスを纏ったミランダが立っていた。

まるであの高原の花が白いドレスとなって咲いたように、ドラマチックにスカートが広がっていた。ミランダの綺麗なデコルテや腕を大胆に見せつつも、シルエットが美しくて全体が清楚に纏まっている。綺麗に編み込まれた薔薇色の髪は、ミランダの上品さをより醸《かも》し出していた。それはルシアンが初めて見るミランダだった。

「ミランダ……なんて綺麗なんだ」

ルシアンは金色の瞳を輝かせて、繊細な花を扱うようにそっとミランダに触れた。

「あの、少し、大胆すぎるでしょうか……これは一応方向性ということで、その、お仕立てはルシアン様のご意見を伺いたくて……」

照れすぎてしどろもどろになるミランダの小声の言いわけは、ルシアンには聞こえていないようだった。

「ああ、可愛い！　可憐だ！　竜の森の女神だ‼」

ルシアンは感激して、ミランダをドレスごと抱きしめた。

こちらを見ている嬉しそうなクレアと目が合って、ルシアンは満面の笑みになった。

「クレア。俺の花嫁をこんなに可愛くしてくれて、ありがとう」

「竜王様。お喜びいただけて配下冥利《みょうり》に尽きます。本番のデザインもどうぞご安心してお任せください！」

兄のエリオは隣で、妹の竜族らしい遵従《じゅんじゅう》ぶりに複雑な顔で笑っていた。

◇◇◇

「おかえりなさい！」

アルルが竜王城のドアを開けて、竜王と花嫁を迎えた。

二人はまるで小花が散るような空気の中、ふわふわとした顔で帰って来た。

「ウェディングドレスのお仕立てが上手くいきそうで、良かったですね」

アルルはお茶を淹れながら、スファレ公国でのお仕立ての報告を聞いた。

いかに花嫁のドレス姿が可愛く、美しく、その後のデートが楽しかったか。竜王の舞い上がったテンションに、アルルも嬉しそうに頷いた。

「それで、どこで式を挙げるんです？　スファレ公国の教会ですか？」

アルルの問いに、ルシアンもミランダもキョトンとした。

どうやら互いにドレスで頭がいっぱいだったようで、顔を見合わせた。

「そういえば、人間式は教会で挙げるものだな。誓いますか、だからな」

ルシアンの言葉にミランダは笑って、少し考えた。

「竜王様……私は人間式を挙げたい場所があるのですが……」

「おお、花嫁殿の希望通りにするぞ！　盛大に行おうではないか！」

◇◇◇

そうして、盛大な人間式の結婚式の日がやってきた。

ミランダが望んだのは、竜族の森のあの高原のお花畑だった。

丘から見える岩山のパンケーキのような地層と、バニラアイスのような雪の山脈はパフェの景色であり、掛かる虹はプロポーズでもらったシリウスの宝石で、風に揺れる花々はクレアが作ってくれたウェディングドレスらしい。

ルシアンとの思い出が詰まったこの場所で、竜族に囲まれて式を挙げたいというのが、ミランダの希望だった。

花畑の周りを森中から集まった竜たちが集団で囲んでいて、それは壮大な風景だった。

丘の上では正装をしたルシアンと、神父らしき格好をした仕立て屋のエリオが、花嫁を待って立っている。

「それで……何故、俺が神父役を？　本当にこれでいいのか？」

エリオは聖書を手に、困惑しまくっていた。

「ミランダの望みなのだ。俺と仲良しのエリオにお願いしたいと……仲良しじゃないんだが」

突っ込みどころが満載すぎて、エリオは追求を諦めた。招待客が壮々たる竜の集団という時点で普通ではないので、開き直るしかない。

そうこうするうちに、向こうからベールを被ったミランダがやって来た。

長いベールをアルルとクレアが持っている。

ルシアンは本番のウェディングドレスを見たのは今日が初めてで、また感激が込み上げていた。

仕立て屋で試着したドレスよりも、より神秘的なデザインに一新されていた。

風や雲のような柔らかく半透明のレースがスカートを飾って、ミランダが歩くたびに、花弁とともに、ふわりと舞う。

ルシアンには本当に、この地に女神がやって来たように見えた。


見惚れて時が止まったルシアンを他所《よそ》に、エリオは練習通りに聖書を読み上げた。

意外に様になっている神父に、二人は誓《ちか》いを結んだ。

「「誓います」」

クレアが差し出したクッションの上の指輪を取り、ルシアンはミランダの指に、ミランダはルシアンの指に嵌めた。

「では、誓いのキスを……」

ミランダのベールを上げてからのルシアンの溜めが長すぎて、エリオは突っ込みたいのを我慢して待った。存分に花嫁を眺めて満足したのか、気持ちが高まったのか、式で交わすには熱すぎるキスを交わした。

その瞬間に、これが何かの儀式であると竜たちにもわかったのか、一頭が「クエーッ！」と雄叫びを上げた瞬間に、「キーッ」「クワッ！」と羽ばたきながら合唱を始め、花畑は怪獣に囲まれたコンサート会場のように盛り上がった。

「皆の者、これが竜王の花嫁だ！　付き従え、お守りすると忠誠を誓え！」

ルシアンがミランダを抱えて叫ぶと、竜たちはひれ伏すように、花畑に一斉に突っ伏した。

「わ……わぁ〜っ」

タウラスもスピカもスコーピオも、アリエス、ポラリス、シリウスに、アンタレスまで。

見知った竜も知らない竜も、全員が自分に忠誠を誓う迫力に、ミランダは仰け反った。


アルルとクレアは満面の笑みで籠から花を撒いてお祝いした。

「おめでとうございます！　竜王様、お妃様！」

「お二人の幸せは我らの幸せです！　竜族万歳！」

竜の咆哮に負けないテンションの祝福に、ルシアンとミランダは顔を見合わせて笑った。

情熱的なキスをもう一度、二度、と重ねて、人間式の結婚式は盛大に幕を閉じた。


大好きなパフェと虹と花と、竜に囲まれて。

ミランダはこれから始まる愛の生活に、胸をときめかせていた。

第十一章 ✦ 星に願いを

爽やかなお天気の朝。竜族とミランダは優雅なお茶の時間をすごしている。
お花畑で挙げた式の余韻でミランダの頭はまだふわふわとしているが、竜王城は婚前と変わらない日常に戻っていた。

ミランダは相変わらず客室を寝室としており、自室で寝起きするルシアンと朝に出会い、夜にそれぞれの部屋に戻る生活を続けている。以前と変わったことといえば、「おやすみ」と「おはよう」のキスをするようになったくらいだろうか。いや、「おさんぽ中」も「いってきます」の挨拶も、何度でも……。

ミランダは好きな人とキスをするだけで気持ちが浮かれて、朝から晩まで口元が緩みっぱなしだった。結婚式を挙げたらルシアンとの距離が急速に変わるのではないかと身構えていたが、意外にもゆるやかに深まる関係は付き合いたての恋人同士のようで、初々しい新婚生活が始まっていた。

今朝もいつものように、ミランダは正面に座るルシアンの神々しい黄金色の瞳を見つめるが、ルシアンは彼方此方と視線を泳がせている。何か言いたげな顔でティーカップをよそよそしくいじったりして、明らかに様子がおかしい。

竜王らしからぬ珍しい落ち着きのなさに、ミランダは小首を傾げた。

「ルシアン様？　どうかしましたか？」

「ん？　いや……今日も花嫁が美しいなと……」

挙動不審さに拍車がかかる竜王に、紅茶を注いでいたアルルが呆れて突っ込んだ。

「ルシアン様。まだお妃様に言ってなかったんですか？」

「うん、まぁ」

「もう限界なんですから、ダメですよ？」

「確かに……限界だな」

いったい何の話だかわからず、ミランダはルシアンとアルルの顔を交互に見た。

「限界って、何のこと？」

不安げなミランダに答えが返る前に突然、玄関の鐘が鳴った。


リンゴーン♪


「きゃ!?」

普段鳴ったことのない鐘に驚いて、ミランダは椅子から飛び上がった。

アルルは紅茶を置いて席を立つ。

「ほら～。来ちゃいましたよ、メアリーさん」

突然出て来た女性の名前に、ミランダは中腰のまま固まった。

「メアリー……さん？」


アルルが玄関の大きな扉を開けると……。

女性が一人どころか、ずらりと五人並んでいた。

ミランダは誰が訪れたのか気になってアルルの後を追いかけたが、人数と異様な雰囲気に気圧されて、立ち止まった。

五人の女性は全員同じ服を着ている。

黒いワンピースに白いエプロン。ショートブーツにレースのカチューシャ。

そう。メイドさんだ。だが、彼女たちの眼光は鋭い。手には各々、自前の箒やハタキを持って、まるで武器を持つ戦闘集団のような面構えだ。

中高年のベテラン風のメイド集団の中央には、より厳しい顔をした年配の女性が背筋を伸ばして立っていた。白髪には一切の乱れがなく、磨《みが》かれた丸い眼鏡が光っている。

「ルシアンぼっちゃま‼」

その大きな声に仰け反るミランダの真後ろで、ルシアンは返事をした。

「うむ……メアリー。久しぶりだな」

「うむ、じゃありませんよ！　突然来るなと言ったきり、何週間も‼　竜王城が埃まみれじゃありませんか‼」

メアリーに言われて、ミランダはそっと城内を見回した。

確かにミランダが初めてここに来た時と比べたら、うっすら汚れているような。

ミランダなりに花嫁らしく毎日掃除をしていたが、いかんせん侯爵家の箱入りで育ったミランダには掃除の術がわからず、まるで行き届いていなかったようだ。アルルが言っていた「限界」は掃除のことだとわかって、肩を竦めた。

メアリーはミランダの方を向くと丁寧に挨拶をした。

「お話は伺っております。ぼっちゃまのお妃様になられたお方だと。私はメイド長のメアリーと申します」

「あ、は、初めまして！　私はミランダです」

二人の挨拶の間に、ルシアンが「コホン」と咳払いをして、割って入った。

「メアリー。その、〝ぼっちゃま〟はいい加減にやめてくれないか」

「まぁ～、ぼっちゃまはずっと、ぼっちゃまのままじゃないですか！」

顔を顰めつつも黙るルシアンを見上げて、ミランダは笑いを堪《こら》えた。竜王様にも頭が上がらない人物がいるのだと知って、可笑しくなっていた。

メアリーはズカズカと城内に足を踏み入れて、途中で驚いて立ち止まった。

「なんと……有象無象《うぞうむぞう》に溢れた物が、全部なくなっている⁉」

「ああ。ミランダの助言で断捨離したんだ」

「あれだけ私が減らせと言っても、ぼっちゃまは聞かなかったのに……」

メアリーは驚いた顔のまま、ミランダを振り返った。

ミランダは苦笑いしている。不充分な掃除の方が気になって、負い目を感じていた。

「あの、メアリーさん。私にお掃除の仕方を教えていただけませんか。私はお掃除が下手みたいで……」

「なりません！　お妃様のお仕事ではないですから！　私たちプロメイドにお任せください！」

メイド集団の五人は通せんぼするように、ズラリと並んだ。

そしてやたらと大きな籠をズイッと出して、ミランダに手渡した。

「お妃様のお仕事はこちらです。頼みましたよ」

謎の籠を抱えて、ミランダは目をぱちくりとした。


うららかなお昼の森で。

木漏れ日の中、敷布《しきふ》をひいて。クッションを置いて。

ルシアンとアルルに挟まれて、ミランダは座った。

「これって、ピクニック……」

メアリーに渡された籠の中には、大量のサンドイッチとデザートが入っていた。色とりどりで美味しそうだ。

「私のお仕事って、ピクニックですか？」

ミランダはルシアンを見上げて、不安そうに尋ねる。

三人がピクニック・ランチに興《きょう》じている間に、竜王城では大掛かりな掃除が行われていた。

「ああ。花嫁のお仕事は、俺の隣にいることだからな」

ルシアンは嬉しそうに身を寄せて、ミランダは近い距離に照れて赤面した。

アルルは紅茶を淹れて渡してくれる。

「どうせ城にいても、ぼっちゃまは邪魔です！　って追い出されます。メアリーさんは完璧主義ですから」

「プロメイドさんがお掃除してたから、物が溢れていてもお城は綺麗だったのね」

「流石に僕とルシアン様であの広大な城の手入れはできないので。週に何度かメアリーさんたちが来ていたのですが、ルシアン様が急に暇《ひま》を出したんですよ」

アルルはルシアンを見上げたが、ルシアンはそっぽを向いている。

「花嫁殿がメアリーたちの勢いにビックリしちゃうからな」

過保護《かほご》ぶっているが、本当は「ぼっちゃま」と呼ばれて怒られる姿を見られたくなかったのではと考えて、ミランダはまた笑いが込み上げていた。

「メアリーさんたちは普通のメイドさんじゃないっていうか、迫力が凄いですね」

「ああ。先代の竜王から信頼されて、ずっと仕えているからな。俺より城に詳しいし、プロメイドとしてのプライドが高いんだ」

そう言いながらルシアンは籠から葡萄を一粒取って、ミランダの唇に押し当てた。ミランダが恥ずかしそうに口を開けて葡萄を含むのを、ルシアンは愉しそうに眺めている。苺、プディング、カップケーキと次々と食べさせられて、ミランダはあっという間にお腹がいっぱいになった。

（花嫁の仕事って……まるで雛鳥《ひなどり》だわ）

籠が空になるとルシアンとアルルは寝転んで、ミランダもつられて仰向けになった。二人に挟まれて青空を見上げる時間は至福で、ミランダは雛鳥らしく微睡んだ。

それからルシアンと手を繋いで森の中をお散歩して、アルルと一緒にスピカの背中に乗って浮遊しているうちに、メイド集団が竜王城の掃除を終えて庭に出てきた。

「メアリー。ご苦労だったな」

ルシアンが声をかけると、振り返ったメアリーは瞳を輝かせていた。

「ご苦労なものですか！　物置みたいな城が広々として、なんとも掃除のしやすいこと！　私は久しぶりにスッキリしましたよ！」

嬉しそうなメアリーに、ルシアンは両手を広げた。

「なぁ、メアリー。この庭に薔薇を植えたいのだが。花嫁みたいな色の薔薇を」

「ええ、ええ！　素晴らしいではありませんか！　早速庭師を呼びましょう。あの酷い雨が止みましたから、庭のお手入れもできますよ。ぼっちゃまがやっと泣き止んでくれて、私は安心しました」

「い、いや、泣いてたわけじゃないんだが……」

狼狽るルシアンを、ミランダとアルルは顔を見合わせて笑った。

庭の掃除も終わった夕方。メイドたちは夕陽に染まる森の中で、次々と竜に乗った。ワイルドな集団乗りを背に、メアリーは玄関先で丁寧に挨拶をした。

「それでは、また明後日に伺いますね」

清掃された城内に見惚れていたミランダは、慌ててメアリーに駆け寄った。

「あの、メアリーさん！　お城を綺麗にしてくださって、ありがとうございました！　私のお掃除が不充分だったせいでご迷惑をおかけしてしまって……」

メアリーは穏やかに首を振り、お辞儀《じぎ》をした。

「ミランダ様のおかげで、この城は本来の姿を取り戻しました。これからも竜王様をどうかお願いしますね」

メアリーの中で「ぼっちゃま」は初めて「竜王様」に昇格したようだった。

メイド集団を乗せた竜は空を飛んで、北の方向に帰って行った。

ミランダはロビーに立ち、見違えるように美しくなった城内を見回した。

「ぼんやりしていた床や家具の色がハッキリしたわ。私は掃除をしている気になって、撫でていただけみたいね」

アルルは落ち込むミランダを見上げた。

「ルシアン様は、箒を持ってウロウロしているお妃様が可愛い、可愛いって、毎朝物陰から覗いてましたよ？　花嫁のお仕事に大満足だったみたいです」

竜王による甘すぎる仕事の評価に、ミランダは苦笑いした。

そんな噂も知らずに、ルシアンが楽しそうにキッチンから現れた。

「メアリーが夕食を用意してくれたぞ！　花嫁を囲んでディナーにしよう！」

ミランダは花嫁らしく優しく微笑んだ。

「ルシアン様。喜んで」

翌朝の竜王城は、差し込む朝日でどこもかしこも輝いていた。

窓ガラスから鏡までピカピカ。クロスやカーテンもビシッと清潔に整えられて、竜王の城として誇《ほこ》りを取り戻したようだった。

朝食の後、ミランダはいつもの習慣で箒を手に取ってロビーに立ってみたが、どこも掃除をするところがない。

「なんて完璧な綺麗さなの。メイドさんてやっぱり凄いわ」

メイドたちの仕事の出来栄えを目の当たりにして、ミランダはますます自分のおぼこさを自覚した。

「私って、お料理もお掃除もお洗濯も下手……この竜王城に来てから、何の役にも立ってないような。これでは、花嫁失格じゃないかしら?」

悶々と考えるうちに、いつの間にかルシアンが出かける用意をして、後ろに立っていた。箒を持って呆然としている姿を見られて、ミランダは慌てて箒を背中に隠した。

「花嫁よ。お掃除していたのか?」

「えっ、あぅ、はい……でも、あまり意味ないというか……」

偉い偉いと頭を撫でる竜王の大きな手に、偉くないのにと思いながらも顔が綻んでしまう。

「あの、ルシアン様はお出かけですか?」

「今日は西側の森の様子を見て来る。いい子でお留守番していてくれ」

ルシアンが玄関に向かったので、ミランダは慌てて駆け寄った。

「私もお手伝いします!」

家事がダメなら竜王の仕事の役に立とうと、ミランダは気合を入れた両拳を握って見せた。だがルシアンは、小動物でも労《いたわ》るような笑顔でうんうんと頷いて、きっぱりと断った。

「ダメだ。今日は蛇が出る洞窟に行くからな。花嫁が噛まれてしまう」

「へ、蛇⁉」

ミランダはスーッとテンションを落として拳を解き、後ろに下がった。

「いってらっしゃいませ。竜王様」

慎ましくカーテシーをして顔を上げると、ルシアンは黄金色の瞳を細めて優しく微笑んでいた。

ミランダの顎を指で支えて軽くキスをすると、颯爽《さっそう》と玄関を出て行ってしまった。

ミランダは小さなキスの余韻に浸りながら、蕩けた顔で空を見上げていた。

「またお留守番……でも蛇は怖いわ……」

すると視界の端に、庭先でアルルがスピカのお手入れをしているのが見えた。

綺麗な布で身体を拭いてもらっているスピカが気持ち良さそうで、ミランダは笑顔で駆け寄った。と、途中に桶に水が汲んであったので、ミランダは良かれと思って、その水を抱えて走った。

「アルル君、私もお手伝い……きゃーっ⁉」

アルルが振り返ると同時に、ミランダは小石に躓いて派手に転んだ。桶は宙に浮いて、中身を全部自分の頭にぶちまけていた。

「わっ⁉　お妃様、大丈夫ですか⁉」

突然湧いた惨状に驚いて、アルルは駆け寄って来た。

「う、うん、大丈夫……転んじゃった」

「お怪我はありませんか⁉　ああ〜、びしょ濡れですね」

アルルはミランダの頭に被った桶をどかし、地面から支えて起こしてくれた。お手伝いするつもりが、アルルの仕事と心配を増やしてしまった結果に、ミランダは恥ずかしさでヘコんだ。

「風邪をひいてしまいますから、すぐに着替えた方がいいですよ。今、お湯をご用意します！」

「あ、いいの、大丈夫だから……！」

止める間もなく、アルルは城内に飛んでいってしまった。

「なんてしっかりした子なの。アルル君……」

小さな子供に何も敵わない自分が、さらに情けなくなっていた。


「お妃様。着替えました？」

「ええ。お湯をありがとう。さっぱりしたわ」

ミランダは新しいワンピースに着替えて、しおらしく庭にやって来た。

アルルはスピカに乗って、飛び立とうとしている。

「僕、お夕飯の買い物に行って来ますね」

「あの、アルル君。買ってきてほしい物があるの」

「何でしょう？」

「糸と……針を」

◇◇◇

「ただいま」

夕方近く、ルシアンの声がロビーから聞こえて、ミランダは自室の椅子からピョコン、と立ち上がり、階段を駆け下りた。蛇の洞窟から帰ってきたようだ。

「ルシアン様！　お帰りなさい！　……っきゃ⁉」

ルシアンに飛びつこうとして、ミランダは後ろに飛び退いた。ルシアンの右手には、一メートルはありそうなほど巨大で、グロテスクな風貌《ふうぼう》の魚がぶら下がっていた。

「ハハハ。見た目は気持ち悪いが、味は美味だぞ。珍しい淡水魚が獲れたから、今日はこれを調理しよう」

「た、食べるのですか!?」

「ミランダは大きな魚を見たことないのか？」

「実家の食事で出るのは、切り身だけだったので……巨大魚って、こんな顔をしているのですね……」

ぬらぬらと光る身体と、カッと見開かれた魚の目を見て、ミランダは後退りした。

「わ、私、お手伝い……」

「血を抜いて内臓を掻《か》き出すからな。花嫁がショックで倒れてしまう」

「うっ……はい。無理です」

正直に告白して頭を下げると、スゴスゴと自室に戻った。


バタン、とベッドに倒れる。魚と目が合っただけで、ミランダはパワーを消耗《しょうもう》していた。

「ルシアン様のお手伝いは難しいわ。蛇とか洞窟とか、巨大魚とか……昨日も野鳥の羽を毟《むし》っていたし、その前は大きな猪を狩って来て、捌《さば》いていたわ」

ミランダはルシアンの豪快な刀捌きを思い出して、頭がクラクラしていた。同時に、その日のご馳走も思い出す。

「美味しかった……ルシアン様のジビエ料理。盛り付けも綺麗で……」

捕獲する素材のワイルドさと、お皿に盛られる料理の繊細さのギャップが凄くて、ミランダはいつも驚かされていた。


部屋のドアがノックされたので返事をすると、入って来たのはアルルだった。

「アルル君！　お帰りなさい」

「お妃様のおつかいをしてきましたよ」

アルルは小声で袋を差し出した。ルシアンに内緒で、というミランダの要望を汲《く》んでくれていた。袋を開けると、中には裁縫道具の一式と、色とりどりの糸が入っていた。

「ありがとう！　いろんな色を買ってきてくれたのね」

「あと、これはクレアさんから」

「クレアさんから？」

「スファレ公国で買い物をしたので、エリオさんのお店に寄ったんですよ。クレアさんなら裁縫屋さんに詳しいと思って。そうしたら、この端切れを沢山くれたのです」

袋の中には、上質なシルクや綿の布が大小様々入っていた。

「わあ、こんなに綺麗な布を⁉」

「ドレスの切れ端だけど、小物なら作れますよって」

「嬉しい……！　刺繍をするのが楽しみになったわ」

アルルも嬉しそうにニコニコしている。

「お妃様が刺繍をして差し上げたら、ルシアン様は喜ぶでしょうねぇ」

我がことのように楽しみにしているアルルに、ミランダは微笑んだ。

「久しぶりだから上手に仕上がるかわからないけど、私にできる数少ない特技を思い出したら、刺繍があったのよ」

ミランダは箱入り娘で育ち、料理や掃除などの家事を教わる機会がなかったが、例外的に刺繍やレース編みは妃教育で習っていて、趣味の一環となっていた。

「それじゃあ、刺繍が完成してルシアン様にプレゼントするまで、絶対内緒にしましょうね！」

ミランダはアルルと指切りをして、秘密を共有した。

◇◇◇

「これが、あの魚……？」

夕食の席でミランダの前に置かれたのは、お洒落にして美味しそうな一皿だった。

カリッと焼かれた白身魚に香り豊かなソースが掛かり、周りはハーブと野菜で綺麗に綾取られている。あのグロテスクだった魚の姿が、嘘みたいだ。

ルシアンはエプロン姿のままグラスに白ワインを注ぎながら、教えてくれた。

「巨大マスのハーブとワインソース和えだ。あんな顔して、奴はお上品なんだ」

切り身にナイフを入れるとパリッと香ばしい音が鳴って、中からクリームのようにしっとりとした、可憐なほどに白い身が現れた。ソースと絡めて口に含むと、外側の香ばしさと中側の柔らかな白身にワインソースがマッチして、ほっぺがキューンとくる美味しさだった。

「本当にお上品！　癖がなくてソースが馴染むわ」

噛みごたえのあるバゲットとスッキリとした白ワインが白身魚によく合って、ミランダはまた食いしん坊を発揮してしまった。


「巨大魚さん……ありがとう」

ミランダはペロリと食べ終えて、思わず空のお皿に礼を述べた。

「それにルシアン様……美味しいお料理をいつもありがとうございます」

「俺は花嫁が美味しそうに食べる姿が見られて、満足だぞ」

ルシアンはまるで対価を得ているような口ぶりだが、ミランダはそうは思えなかった。

狩りに、料理に、竜のお世話も全部ルシアンとアルルに任せきりで、この竜王城で全然活躍できない自分に焦るばかりだ。

（せめて綺麗で立派な刺繍を作らなきゃ、お礼にならないわ）

　ミランダはルシアンが食後のお茶を飲む姿を盗み見て、イメージを膨らませていた。

（とはいえ、何の刺繍がいいのかしら？　男性だから可愛いお花じゃ変だし……）

　ルシアンはいつも、高貴で洒落た格好をしている。服に刺繍が施《ほどこ》されている時もあるが、それは見事な模様で、とても自分が作れるような代物ではない。ミランダの中で刺繍への難易度がどんどん上がっていた。

（竜？　竜王だから、竜の刺繍？　火を吹いている竜とか？）

　強そうだが、そんなスカーフを持っているルシアンはなんだか変だ。襟元に飾ろうものなら滑《こっ》稽《けい》にすら感じて、ミランダは震えた。デザインを選ぶ段階で既に難しいとは、予想外だった。


　チク、チク、チク……。

「いたっ！」

　夕食後に自室に篭り、端切れに刺繍の練習をしてみたが、久しぶりでぎこちない針はたびたび指を刺していた。

「変ね……こんなに不器用だったかしら？」

　一旦針を置いて、刺繍のデザインのイメージをスケッチブックに何枚か描いてみた。

　しかし下手な竜の顔がいくつも出来上がるだけで、嫌になってしまった。

「刺繍なら私でもできるって、誰が言ったの？」

空虚《くうきょ》な疑問を呟いて、ミランダはベッドに倒れた。

「私だわ……私って能天気なのね……」

少しの間呆れた後、すぐに身体を起こした。

「諦めちゃダメ。デザインが決まらなくても練習はできるもの」

ミランダはキリッとした顔で、勘を取り戻すように針と糸を通し続けた。

集中した時間はミランダに、少しだけの肯定感と充足感を与えてくれた。

◇◇◇

翌朝。

竜王城にはまたメアリーたちがやってきて、猛烈なお掃除が始まった。

ミランダは掃除の邪魔にならないようアルルの買い物に同行し、スピカに乗ってスファレ公国にやって来た。エリオ兄妹の仕立て屋を訪れると、エリオが和やかに迎えてくれる。

「エリオさん、こんにちは」

「いらっしゃいませ。奥様」

エリオの挨拶に、ミランダは頬を染めた。奥様という呼ばれ方はまだ慣れなくて、妙に照れてしまう。

「アルル君。君の服が仕上がっているよ」

「わあ、ありがとうございます！」

アルルが服の試着をしている間に、ミランダは隣の工房を覗いた。

クレアとお針子たちが今日も元気に働いている。クレアがこちらに気づいて、ミランダのもとへ駆け寄ってきた。

「ミランダさん！　遊びに来てくれたのね？」

「ええ。アルル君に無理を言って、付いて来てしまったわ」

クレアは企むような笑顔で耳打ちした。

「で、どうです？　竜王様への刺繍のプレゼントは？」

ミランダは昨晩の自分の不器用さを思い出して、顔を真っ赤にした。

「それが……」


工房の端で紅茶をいただきながら、ミランダはクレアが見本として並べてくれた刺繍の数々を見学させてもらった。

「見事だわ。プロの刺繍って凄いわ」

エレガントな植物のモチーフに、色鮮やかな春の花、ビーズをレイアウトした豪華な模様……どれも芸術品のようだった。

「それにしてもミランダさん。竜王様に火を吹く竜の刺繍をあげるのは面白いわ！　それにしましょうよ！」

クレアは笑いながら提案してくる。

「ダメよ。私、竜の絵が下手で、変な顔の動物になっちゃうの」

「変な顔でも竜王様は大喜びだと思うけど……多分、名前を縫っただけでも、花嫁の作品だ！って額に飾ると思うわ」

言われてみると確かにルシアンはそんな反応をしそうで、ミランダは頭を抱えた。

「それじゃお礼にならないわ……」

「なってるのに」

クレアと噛み合わない会話をしながら、ミランダは並んだ作品の中でも、よりドラマチックに感じる花の刺繍を手に取った。刺繍糸がグラデーションになっている技術の高さは勿論のこと、情景として惹かれるものがある。

クレアはミランダの手元を一緒に覗き込んだ。

「これは私が縫った、ダリアの花よ」

「凄いわ。綺麗なだけじゃなくて、浪漫を感じる」

ミランダはクレアを見上げた。

「クレアさんはどうしてこんなに素敵な作品を作れるの？　ドレスにもドラマ性を感じるというか、ロマンチックというか……」

「私って妄想家なの。いつもドレスや刺繍を作りながら、物語を想像するわ。こんな風景で、こんなお姫様が、こんなドレスを着て……って」

目を瞑って踊るように天を仰ぐクレアに、ミランダは感心した。

「だから見る側にも、その感性が伝わるのね？」

「ミランダさんのウェディングドレスを作る時も、いっぱい妄想したわ。竜王様と花嫁様のラブラブで最高な物語よ」

ミランダは頬を染めた。

「そうね……イメージは大切よね。私、上手に作ることばかり考えて、見栄えばかりに捉われていたわ」

「刺繍って、そもそもおまじないの意味もあると思うわ。自分の想いを込めたり、相手を思いやったり。歴史的にも、権威《けんい》を象徴したり宗教のモチーフに使われたりと、刺繍にはいろんな目的があるのよ」

ミランダは考えてもみなかった、刺繍の目的と歴史に思いを馳《は》せた。

（私の刺繍の目的は……お礼？　対価？　ううん、違う……）

ミランダのハッとした顔を見て、クレアは微笑んだ。

「ミランダさんの自由な妄想を描けばいいわ。そこに相手への想いが篭っていれば、おまじないは成功よ？」

刺繍が作品ではなく、おまじないであると捉えた瞬間に、ミランダの中で気持ちが楽になっていた。おまじないとして込めたい願いなら、溢れるほど自分の中にあるとわかったからだった。

その日の深夜。

ルシアンは竜王城の住民に、謎の集合を掛けた。

ロビーに集まってきたアルルにマントを着せて、ミランダにもマントを被せる。

「春とはいえ、夜の飛行は寒いからな」

「ルシアン様？　こんな真夜中にどこへ行くのですか？」

「それは見てのお楽しみだ」


ルシアンはスピカを呼んで三人で乗ると、高く空を飛び、森の中でも高度がある崖の上に着陸させた。

「た、高い……！」

ミランダは足元の崖下を見て思わずルシアンにしがみ付いたが、ルシアンは空を指していた。

「上を見てごらん。ここは特等席なんだ」

ミランダが空を見上げると、そこには銀色に光る星々が大群を成して、夜空を流れていた。

「星が……流星群⁉」

「わーっ、綺麗です！　今年も来ましたね！」

アルルも感激して飛び跳ねている。

間近に見上げる流星群は空ごと回転しているのかと錯覚するほど、迫力がある。

　ミランダは感動のあまりよろめいて、ルシアンに身体を支えられていた。

「春の流星群だ。美しいものが好きなミランダに見せたかったんだ」

「綺麗……すごい迫力……」

　圧倒されて語彙《ごい》が上手く出ないミランダは、ルシアンと初めて出会った夜を思い出していた。

　あの日も満天の星で、ルシアンの夜空色の髪と月のような黄金の瞳が、夜そのものの美しさだと感じたのだ。

　ミランダは星の煌きで潤んだ瞳で、ルシアンを見上げた。そこにはやはり優しく見下ろす瞳があって、自分がどれだけの愛や救いを与えられているのか、実感していた。

「ルシアン様。好き……大好きです」

　とりとめのない言葉が溢れてしまうが、ルシアンはしっかりと受け止めてくれた。

「俺も大好きだ。ミランダ」

　流星群の下で交わす口付けはロマンチックなドラマとして、ミランダの心に焼きついた。


　ミランダは城に帰って、部屋に戻ってからも、眠らずにスケッチブックを手に取った。

　そして一心不乱《いっしんふらん》に、星々の絵を描いた。

　五芒星《ごぼうせい》や六芒星《ろくぼうせい》、ちりばめられたダイヤの形……。

「星……ルシアン様にはいつも、星空があるんだわ。竜たちも皆、星の名前だもの」

ミランダの瞳は妄想で輝いて、迷いはなくなっていた。

それから毎晩、少しずつ、ミランダは刺繍を進めた。急がずゆっくりと。だけど心を込めて縫い続けた。

部屋のドアがノックされて、ミランダはベッドの上から、サイドに置いてある籠に刺繍を隠した。いつルシアンが訪ねて来てもバレないように、隠し場所を用意してあるのだ。

「お妃様。お茶をお持ちしました」

「アルル君、ありがとう」

お茶を口実にして、アルルは刺繍の進捗《しんちょく》を時折見に来ていた。完成に近づきつつある刺繍に興味を持って、仕上がりが待ち遠しいようだ。

「わぁ……星が増えてる。綺麗だし、格好いいですね！」

幾何学の星の模様を金の糸だけを使って縫った天体の刺繍は華やかで、かつ男性的なデザイン性もあって、アルルは気に入っていた。

「星のひとつずつに願いを込めて縫ったの」

「どんな願いです？」

ミランダは照れつつ、星をひとつずつ指した。

「竜王様が……元気でありますように。幸せでありますように。危険な目に遭いませんように。

それから、平和が続きますように……」

最後に作りかけの一番大きな星を指した。

「愛が永遠でありますように、って……」

アルルはぽかーんと口を開けたまま、ミランダを見上げた。

「なんてロマンチックな……刺繍ってお守りなんですね！」

妄想に耽《ふけ》った勢いのままアルルに吐露してしまって、ミランダは赤面した。

アルルは神聖な物に触れるように星を指でなぞっている。

「このまじないは絶対効きますよ。お妃様の愛と念が篭ってますからね」

◇◇◇

ルシアンが美味しいごはんを作ってくれた、いつも通りの食後のお茶の時間に——。

ミランダは完成した刺繍のスカーフにリボンを掛けて、テーブルに置いた。

キョトンとした顔のルシアンにそれを差し出す自分は、予想よりも緊張していた。

「あの……ルシアン様。いつも美味しいごはんと……他にもいろいろと……ありがとうございます。その、これはお礼というか、気持ちというか」

ルシアンはそれをそっと受け取って、まじまじと刺繍を見た。

リボンを解いてスカーフを広げて、刺繍を指で辿っている。

「星の刺繍……素晴らしいな。天体がデザインされているのか」

じっくりと刺繍を鑑賞した後、輝く瞳でこちらを見た。

「これをミランダが作ったのか？」

「は、はい」

「俺のために……俺にプレゼントするために⁉」

予想通りのテンションの上がり方に、知らないふりをしてお茶を飲んでいたアルルも咽せそうになっている。

「アルル見ろ！　花嫁が俺のために！」

「はい。竜王様、良かったですね！」

「フハハ、手作りのプレゼントをもらったぞ‼」

クレアの言う通り、喜んでくれている様子にミランダはほっと胸を撫で下ろした。

宙に掲げたり間近で見たり、見せびらかしていたルシアンは、星の刺繍を指して図星を刺してきた。

「この星には、俺への願《がん》が掛けてある！　そうだろう？」

「え⁉　そ、そうです」

ミランダは妙な鋭さに驚くが、ルシアンは星々を指してトンチンカンな答えを出した。

「俺が格好いい竜王でありますように。と、俺が最強の竜王でありますように。それから、シリウスの宝石ギャンブルをまた当てますように、だな！」

一個も当たっていないのでアルルは吹き出さないように口を押さえていたが、最後に一番星を指してルシアンはドヤ顔をした。

「これは、愛が永遠でありますように、だ」

「あ、当たりです」

赤面したミランダによる大甘な当たり判定に、ルシアンは有頂天《うちょうてん》になって喜んだ。

アルルはそれを見上げてひとしきり笑っていたが、隣でミランダが自分にもリボンがかかった刺繍を差し出しているのに気づいた。

「これはアルル君に。いつもお世話してくれて、ありがとう」

「えっ……ええ⁉　僕に⁉」

アルルは思ってもみなかったプレゼントを、呆然とした顔で受け取った。

自分は花嫁を応援しながら竜王の反応を楽しむという、完全に蚊帳の外の立場だと思い込んでいたようだ。

「わあ……僕にも星が！」

ブラウスに付ける青いリボンに、二つの星が寄り添うように煌めいている。

「アルル君とスピカが、安全に飛行できますように」

ミランダの願掛けを聞いて、アルルは高揚して立ち上がった。

「お妃様、ありがとうございます。僕、スピカに見せてきますね！」

城を飛び出して、外に行ってしまった。

ミランダはアルルがあんな風にあどけない、子供らしい顔を自分に向けたのは初めてな気がして、胸が温かくなっていた。

いつの間にか隣にやって来たルシアンは、ミランダの頭をそっと抱き寄せた。

「ミランダは優しくて、最高の花嫁だ。俺たちに素敵なおまじないを掛けてくれてありがとう」

ミランダの薔薇色の髪に、頬に、唇に。星の数ほどキスを降らせた。

閑話　アルルの竜族記　異国の竜の物語

僕、アルルは朝食やお昼の後、それから夕食の後に片付けを終えると、竜王城の図書室に篭るのが日課になっています。

配下として竜王様のお世話やお使いを済ませたら、殆どの時間を読書に使っています。何故なら僕は知らないことを知るのが好きですし、何より物語を楽しむのが大好きなので。

今日も午後から竜王様は竜の視察にお出かけなさったので、僕は図書室にやって来ました。天井まである巨大な本棚に梯子を掛けて、膨大《ぼうだい》な書物の中から何冊か選んでいると、廊下の向こうから、僕を呼ぶ声が聞こえてきました。

「……君、アルル君」

僕が図書室から顔を出すと、やはりお妃様が僕を探して廊下を彷徨っていました。

「お妃様、どうされました?」

「アルル君！　ここにいたのね」

お妃様はホッとしたお顔で図書室にやって来ると、案の定、ぽかんとお口を開けて室内を見回しました。

「す、すごい本の数……竜王城にこんなに立派な図書室があったのね」

「はい。竜族が代々集めた書物が保管してありますから。歴史書から図鑑、あらゆるお勉強の本がありますよ」

　お妃様はクルクルと本棚を見上げて回って、僕が手にしている本を見下ろしました。

「アルル君、そんなに難しそうな本を読むの？　外国語だわ」

「はい。僕は何カ国語か読むことができます」

「ええ!?　アルル君て天才児なの!?」

「ユークレイス王国の公爵家にいた頃、家庭教師が沢山付いていていたので……確かに天才児と言われていました」

　お妃様はお口を開けたまま、僕の顔をまじまじと見つめました。

「お利口さんだとは思ってたけど、アルル君は本当に凄い配下なのね」

　僕は配下として褒められると途端に嬉しくて、舞い上がります。

「はい！　僕は竜王様の優秀な配下なので！」

　お妃様は随分と感心したお顔で、僕の頭を撫でました。

「お妃様、何かご用があったのではないですか？」

「あ、そうだったわ。あのね、私、お菓子を作ろうと思って」

「お菓子……ですか？」

「人間式の結婚式で、クレアさんとエリオさんにいっぱいお世話になったでしょう？　お礼にお菓子でも作って、プレゼントしたらどうかしらって」

「そ……そうですねぇ」

僕の頭は嫌な予感でいっぱいになりました。何しろお妃様はお嬢様のお育ちで、お料理はまったくできません。芋の皮も剥けないのに、お菓子作りなんて怪我や火傷《やけど》の恐れしかありません。もしそんなことになったら竜王様に怒られるのは僕ですから、何としてでも止めないといけません。

そんな僕の気持ちもつゆ知らず、お妃様はまるで良い物を見つけたみたいに瞳を輝かせて、本棚を指しました。

「こんなに本があったら、きっとお料理の本も沢山あるわ」

「えっ、そっ、そうでしょうか」

「ルシアン様もきっと、本で学んだに違いないわ。だって、お料理のレパートリーが豊富だもの」

それは確かにその通りで、ここには各国の料理本も揃っています。

「わあ、ほら。これ全部、お料理の本だわ。凄い！　宮廷料理の本まであるわ」

お妃様は難解な料理本を引っ張り出して、読み出しました。これは困りました……何とか話題を変えないといけません。

「えっと、お妃様、これを見てください」

僕は手にしていた本を開いて、お妃様に見せました。

そこには大きな黒い竜の絵が描いてあります。

「これ、ルシアン様に似ていると思いませんか？」

「えっ？」

お妃様は途端にこちらに興味を示して、僕の手から本を受け取りました。

「まあ、格好いい竜の挿絵……これは竜の物語？」

「はい。異国に伝わる竜伝説をもとにした物語で、人気シリーズなんです。主人公が竜に変身して悪者をやっつけるお話なのですが、僕はこの主人公がルシアン様に似てると思って」

それは本当のことで、僕はこの物語を竜王様と重ねて楽しんでいるのです。

「まあ……まあ！　本当だわ！」

お妃様はページを捲って、主人公の威風堂々《いふうどうどう》とした台詞回しや大胆な戦いぶりに、頬を染めて興奮しました。途中、人間に戻るシーンの挿絵を指して、食い入るように見つめています。

「これはルシアン様だわ！　お顔もそっくりだもの！」

異国の衣装を着た主人公の絵は若干、ルシアン様より雄々しいイメージですが、確かに長い髪や切れ長の鋭い目が似ています。

すっかり僕の誘導に嵌ったお妃様に、僕はさらにダメ押ししました。

「お妃様。この物語を読んでみたいでしょう？」

「ええ！　読んでみたいわ！」

「実はこの物語を百パーセント楽しむ方法があるのですよ」

声を潜めた僕に、お妃様は完全にお菓子作りの目的を忘れて、飛びつきました。僕の誘導作戦は大成功です。

◇◇◇

「何だ？　二人揃ってどうしたんだ？」

就寝時間も近い頃、寝衣《しんい》にガウンを羽織ったルシアン様は戸惑っています。

何故ならルシアン様のお部屋のドアの前を、ネグリジェを着たお妃様と、寝間着姿の僕が並んで、企むような顔で立ち塞がっていたからです。

「ルシアン様。今日は久しぶりにお願いがあります」

「何だ？　アルル」

僕が差し出した物を受け取ると、ルシアン様は「ああ」と頷きました。

「本の朗読か。確かに忙しかったから、久しぶりだな」

「この本だけはルシアン様に読み聞かせてもらうと決めているので」

ルシアン様は僕の隣で瞳を輝かせているお妃様に視線を移しました。

「それはいいが……ミランダも？」

「はい！　私も是非一緒に！」

「な、何で……」

「ダメですか？」

有無を言わさぬお妃様のうるうるしたお顔に、ルシアン様は即答しました。

「勿論、ダメなことなど何もないぞ！」

勢い良く許可が降りて、僕とお妃様はルシアン様のお部屋に入りました。

僕はいつも通り、いつ寝落ちしてもいいように、ルシアン様のキングサイズのベッドによじ登ると、姿勢良く仰向けになりました。

が、お妃様の様子が変です。室内に入って部屋を見回すと、モジモジとしたまま、ドアの前に突っ立っています。

そういえば、お妃様はルシアン様のお部屋に入ったことがなかったような？　あれ？　結婚してるのに？

妙な空気になって、ルシアン様は本を片手にお妃様を呼びました。

「ミランダ。ここへおいで」

僕の隣をポンポンと手で叩いて、お妃様はようやく照れたお顔でベッドに座りました。

僕の左側にお妃様がいて、右側にルシアン様がいます。絶妙な調光の中で僕は二人の間に挟まって、これはおかしなことになったと焦りました。俗に言う、お邪魔虫という物ではないでしょうか。固まる僕の両側でルシアン様もお妃様も緊張している空気を、ルシアン様は咳払いをして一掃しました。

「コホン。では物語を始めよう。良い子たちよ」

お妃様は「うふふっ」と笑って僕の隣に潜り込み、童心に戻ったようにワクワクしたお顔で語り手に注目しました。

ルシアン様の重厚でよく通るバリトンの声が静かに物語を語り出し、僕もお妃様も夢中で物語の世界に没入したのでした。

主人公の台詞は威風堂々とした竜王の声で発せられて、僕の隣から「ほう」と溜息が聞こえます。お妃様はすっかり竜の物語に魅せられて、うっとりとルシアン様を見つめていました。

僕は竜王様の勇ましい声にだんだんと安心感に満たされて、うつらうつらと夢現《ゆめうつつ》になっていきます。しばらく後に微睡む僕の顔を確認すると、ルシアン様はそっと本を閉じて、僕の額におやすみのキスをします。それが最後のおまじないになって、僕は完全に眠ってしまうのです。

僕は天才児だし優秀な配下だけど、読み聞かせで寝落ちするこの瞬間が大好きなのです。お妃様はというと、僕より早く寝落ちして、すやすやと安心したお顔で眠ってしまいました。ルシアン様はお妃様の額にもおやすみのキスをすると、ベッドサイドの灯りを消しました。

ルシアン様は僕をお妃様と間違えているのか、眠りに落ちると僕にくっついて抱っこして、お妃様も僕の腕にしっかり掴まって眠っています。

両側の幸せな睡眠の間に入って、僕もぐっすりと眠りました。

夢の中で、僕は竜族の森でコケモモを採っていました。

お妃様も一緒に収穫しています。ああ、ここは僕が知っている、秘密のコケモモの群生地です。お妃様に場所を教えてあげて、一緒にコケモモを採りましょう。そうしてルシアン様にジャムにしてもらったら、クレアさんとエリオさんにお礼に渡しに行くのです。三人で協力したら美味しいジャムができるし、お妃様だってお怪我をすることはありません。これは名案です。夢の中で解決してしまうなんて、僕はやっぱり優秀な配下だなと自画自賛《じがじさん》して、寝ながらにやりと笑ったのでした。

書下ろし番外編 ✦ 竜族の友だち

お皿の上には、沢山の竜王クッキーが並んでいた。

ナッツ、ココア、バニラ、キイチゴジャム……。


種類も豊富なクッキーに、ミランダは瞳を輝かせた。

「クッキーがいっぱい！　どうしてかしら⁉」

茶器《ちゃき》を運ぶアルルが教えてくれる。

「今日は来客があるので、ルシアン様に多めに焼いてもらったのです」

「来客？」


リンゴーン♪


「と、言ってるうちに来ましたね」

鐘が鳴った玄関に向かうアルルの後を、ミランダも追いかけた。

「こんにちは！」

ロビーに立っているのは、明るい笑顔のクレアだった。

両手に、沢山の服が入った袋を抱えている。

「クレアさん！」

予想外の来客に、ミランダも笑顔になった。

「修繕《しゅうぜん》をしたルシアン様とアルル君の服を、まとめて配達しに来たの」

ほつれやボタンを縫い直した服の束を、クレアはアルルに渡した。

「クレアさん、ありがとうございます。お茶とおやつをご用意しましたので、お妃様とご一緒に召し上がってください」

「ありがとう、アルル君」

ミランダはクレアとお茶ができるのが嬉しくて、すぐにクレアを連れて食堂に向かった。


「クレアさんが竜王城に来てくださるなんて、嬉しいわ」

「私もミランダさんとお会いできて、嬉しい！」

お茶の席に着くと、クレアはクッキーを凝視した。

「これは……竜王様のクッキーね！」

「ええ。今日はクレアさんのために、ルシアン様が沢山の種類を焼いてくださったの」

クレアは神妙な顔で拝むように手を合わせると、一枚のクッキーをそっと取って、目を瞑りながら、ひと口齧った。

その動作がまるで儀式のようなので、ミランダは思わず手を止めて魅入った。

クレアは身を震わせて、感激している。

「ん、んんん！　ありがたい！」

「うふふ。ルシアン様の作るクッキー、美味しいですよね」

「美味しいし、竜王様からクッキーを恵んでいただけてありがたいです！」

相変わらずの竜族らしい遵従ぶりに、ミランダはつい笑ってしまった。クレアは可愛らしい女の子なのに、竜王のこととなると言動が信奉者《しんぽうしゃ》のようになる。

ひと口ずつ大切に食べているクレアを見習って、ミランダも少しずつ食べることにした。食感がいいという理由で、いつもサクサクと素早く食べてしまう自分を反省しながら。

「ゆっくり味わって食べると、美味しさもまた格別ね」

「ええ。ありがたみが増しますね！」

二人で笑い合っていると、食堂にルシアンがやって来た。

「竜王様！」

即座に立ち上がるクレアに、ルシアンは自分でクッキーを作っておいて忘れていたのか、少し驚いた顔をした。

「ああ、クレア。来てたのか」

「はい！　お邪魔しております！」

ミランダとクレアはしばし、ルシアンが何気なく持っている物に注目した。

右手で太い骨を握りしめていて、その先には大きな肉の塊がぶら下がっている。

「骨付きの……肉……？」

思わず呟いたミランダに、ルシアンは自慢げに肉塊を掲げた。

「塩漬けしていたハムだ。いい塩梅《あんばい》に熟成したのでな。今日はこれを調理しようと思って」

「まあ。ルシアン様はハムも自家製で作ってらっしゃるのですか？」

「保存食にもなるからな」

無言で瞳を輝かせているクレアと目が合って、ルシアンは何気なく聞いた。

「クレアも夕食を食べていくか？」

「はいっ！　是非とも！」

ルシアンは「うむ」と頷いて、キッチンに行ってしまった。

ミランダは竜王城の夕食に初めての来客、しかもクレアが参加してくれることに喜んで、二人のお茶会はますます盛り上がった。


キッチンにて。

ルシアンがポニーテールをしてエプロンを付けて、大きな骨付きハムを調理している間に、アルルがやって来た。

「ルシアン様。僕お手伝いしますよ」

「じゃあ、野菜を剥いてくれ」

アルルは野菜を籠から取り出しながら、思い出したように付け加えた。

「あ、お妃様とクレアさんは、湯に行きますって」

「は？」

「二人で湯に入りますって」

「な、なんだって？」

「お妃様が湯に一緒に入りましょうって誘ったら、クレアさんも入りたいって」

ルシアンは沸騰した鍋を指して、アルルに「頼む」と任せると、急いでロビーに向かった。


「あら。ルシアン様」

ロビーでは、楽しそうなミランダとクレアが、タオルやガウンが入った籠を持って玄関を出るところだった。

「ミランダ！　湯に行くのか⁉」

「クレアさんは火竜の湯を見たことがないと言うから、是非入ってほしくて！」

「そ、そうか……だが……」

笑顔で身を寄せ合うミランダとクレアを見下ろして、ルシアンは困惑《こんわく》している様子だ。

「ふ、二人で湯に入るなんて……」

キョトンとしているミランダの顔が目に入って、ルシアンはさらに慌てた。

「いや、その、危ないからな……女性だけでは」

クレアが笑っている。

「大丈夫ですよ。私は竜に乗れるし、ミランダさんを安全に岩場までお運びしますから」

「う、うむ。だが一応、護衛《ごえい》を付けさせてくれ」


日が落ちかけた森の中を、ミランダとクレアはスピカに乗って、湯がある岩場に向かった。

ミランダが振り返ると、スピカの後ろには大きな白竜が二頭、付いて来ている。ルシアンが入浴の護衛として呼んだ竜だ。迫力のある光景にミランダは戸惑う。

「ルシアン様ったら、心配性だわ。大きな竜を二頭もお供に寄越すなんて」

「竜王様は花嫁を大事にしているんだわ。素敵！」

ミランダは照れて、顔が綻んだ。

「一頭は知ってるわ。アリエスという、ふわふわの羽毛のような子。もう一頭は、初めて見た子だわ」

「ヴェガね。優雅な見た目だけど、視力と聴力に優れた、戦闘向きの竜なの」

「まあ。強い子なのね」

「ええ、女の子だけど。っていうか……スピカもアリエスも雌《メス》だから、竜王様は雌ばかり選んで呼んだみたい」

「え？　どうして？」

「女湯だからかしら」

クレアの答えに、ミランダは目を丸くした後に笑った。


森の向こうに沈んでいく夕陽が、空と山々を赤く染めていく。

そんな景色を眺めながら入る岩場の湯は、最高に気持ちがいい。

湯に蕩けてしまって無言になったミランダとクレアは並んで浸かり、その後ろではスピカとアリエス、ヴェガが護衛している。

クレアは感嘆の溜息を吐いた。

「外のお風呂って、こんなに気持ちがいいのね……」

「ええ、本当に……火竜アンタレスのおかげだわ」

ミランダはクレアと二人きりになったこの機会に、気になっていたことを尋ねた。

「あの……ルシアン様の子供の頃って、どんなだったんですか？」

クレアは懐かしむように、空を見上げて昔を思い出している。

「私が八歳の頃に、先代の竜王様とご一緒に来店されて。その時初めてお会いしたのだけど……」

キリッとした顔で、こちらを向いた。

「幼くも既に、竜王様としての威厳《いげん》を感じたわ」

クレアらしい視点の感想に、ミランダは微笑む。

「幼いルシアン様のお姿を、私も見たかったわ」

「それはそれは、端整なお顔で品があって……お子様なのに色っぽいというか、お澄ましした表情が大人びていたわ」

詳細にイメージを伝えてくれるクレアのおかげで、ミランダは想像が膨らんでワクワクした。

「どんなお話をしたんですか？　一緒に遊んだりしましたか？」

「遊ぶだなんて、滅相もない！　お話も殆どしたことがなかったわ。竜王様はお行儀が良くて繊細で、無口なお子様だったから」

「まあ。今の性格と少し違うのね」

ミランダは堂々としたバリトンの声と、素直で感情豊かなルシアンを思い浮かべた。

「竜王様があんなに竜王然とされたのは、アルル君と一緒に暮らしてからね。ここ数年でとても逞しくなられたわ。そしてミランダさんと出会ってからは、明るく元気になったの！」

「そうなのね。ルシアン様が元気になってくれて、良かった」

「子供の頃のお元気な姿といえば、兄のエリオと喧嘩してる時だけだったもの」

「やっぱりエリオさんと仲良しなのね」

ミランダとクレアは笑いあって、湯の中で昔話を続けた。

◇◇◇

その頃。竜王城のキッチンでは、黙々と調理が進められていた。

竜の護衛を手配して戻って来たルシアンは調理に集中していたが、しばらくの後、アルルにぽつりと溢した。

「あの二人……いつの間にあんなに仲良くなったんだ？　湯に一緒に入るなんて……」

アルルはルシアンを振り返って、笑っている。

「女性は仲良くなると、あっという間に友だちになりますからね」

「友だち……」

「お妃様は女性のお話相手ができて嬉しいんじゃないですか？　女性同士でしかできないお話もありますから」

「そうか……アルルは女性の心理に詳しいな」

「僕には姉が三人いましたからね」

「うーむ」

ルシアンはクレアにやきもちを焼きつつも、寛大《かんだい》な竜王であろうと努力しているのをアルルは察していた。ルシアンは納得するように頷いている。

「花嫁に友だちができるのはいいことだ。ミランダはひとりぼっちでベリル王国から竜族の森に来て、寂しいだろうからな。女の子同士で盛り上がって楽しそうだったし」

「うん、うん。そうですよ。クレアさんは竜族で、僕らの仲間ですし」

「うむ。竜族の友だちか……」

ルシアンはアルルに励《はげ》まされながら意識を改めつつ、それでもやっぱり、花嫁が帰ってくるのを待ち焦がれていた。


「ただいま戻りました」

ミランダもクレアものぼせ上がって、湯から帰ってきた。

お肌も艶々として、どちらもご満悦の顔になっている。

ルシアンは待ってましたとばかりに、すぐに玄関を開けて花嫁を迎えた。

「ミランダ！　無事に帰って来たか！」

「ルシアン様ったら。お風呂に入っただけなのに」

「うふふ。竜王様の愛は深いですね～」

ミランダとクレアが顔を見合わせて戯《たわむ》れあっているのをルシアンは呆然と見つめながら、独り言を呟いた。

「二人とも……可愛いな」

「え？」

「さぁ、お嬢様たちをディナーに招待しよう！　冷たいデザートもあるぞ」

ルシアンは急に楽しげな顔になって、きゃぁきゃぁと喜ぶ二人を食堂に案内した。


テーブルには、自家製のハムをふんだんに使った春野菜のサラダと、アスパラやチーズをハム巻にしてグリルしたオードブル、じっくり煮込んだポトフに、柑橘とベリーのソルベなどなど……ルシアンがやきもちを紛《まぎ》らわすために調理の手数が増えた結果、華やかなメニューが並んだ。


「うわあぁ～！　竜王様、美味しいです～！　ありがたいっ」

涙目で食べているクレアの横で、ミランダも喜んでいる。

楽しそうな二人を眺めて満足顔のルシアンは、途中で席を立った。

「ソルベは溶けてしまうから、一旦冷凍庫に入れておこう」


ルシアンはソルベの皿を持ってキッチンに行き、ポラリスが作った氷が入った冷凍庫に入れた。

冷凍庫の扉を閉めたタイミングで、食卓からこっそり抜け出して来たミランダが、ルシアンの腰を後ろから抱きしめた。

「ん？　ミランダ？」

「ルシアン様。素敵なディナーをありがとうございます。私、とっても楽しいです」

ルシアンは振り返ると、ミランダのほっぺを撫でた。

「ふふ……可愛いお嬢様たちが喜んでくれて、俺も嬉しい。今日はミランダの新しい顔も見られたしな」

「新しい顔？」

「俺はミランダのはにかんだ笑顔が可愛くて好きだが、クレアと戯れあう時の笑顔は無邪気で、それもまた可愛い。幼い女の子みたいだ」

「まぁ」

思ってもみなかった感想に、ミランダは赤面した。

「私も……お澄まししていた頃の幼いルシアン様に、お会いしたかったです」

ルシアンはみるみるうちに赤くなって、慌てた。

「クレアに何か聞いたのか？　お、俺はお澄ましなどしてないぞ」

「うふふっ」

振り返って逃げようとしたミランダを、ルシアンは後ろから抱きとめて捕まえた。

誰もいないキッチンでこっそりと、二人は頬を寄せて笑いあった。

生《いけ》贄《にえ》にされた私《わたし》を花《はな》嫁《よめ》が来《き》た！と竜《りゅう》王《おう》様《さま》が勘《かん》違《ちが》いしています　～森《もり》のお城《しろ》で新《しん》婚《こん》生《せい》活《かつ》がはじまりました～

2023年12月11日　第１刷発行

著　者　石丸《いしまる》　める

発行者　島野浩二

発行所　株式会社双葉社
〒162-8540　東京都新宿区東五軒町３番28号
［電話］03-5261-4818（営業）　03-5261-4851（編集）
http://www.futabasha.co.jp/（双葉社の書籍・コミック・ムックが買えます）

印刷・製本所　三晃印刷株式会社

［電話］03-5261-4822（製作部）
ISBN 978-4-575-24702-2 C0093